たすけ鍼《ばり》

山本一力

朝日新聞社

たすけ鍼／目次

装幀・菊地信義
装画・小村雪岱

たすけ鍼

ツボ師染谷《せんこく》

一

深川黒船橋は、大横川に架かる橋である。長さは二十五間（約四十五メートル）、幅は十間（約十八メートル）もある、堂々とした橋だ。

下を流れる大横川は、永代橋《えいたいばし》の手前で大川につながっている。川幅も二十間（約三十六メートル）と広く、水面から川底までは五尋《ひろ》（約九メートル）。大型船の航行にも充分の深さがあった。

流れの先には、木場《きば》の材木置き場が広がっている。ゆえに丸太を組んだいかだ、荷物を満載したはしけや高瀬舟、それにひとを運ぶ乗合船などが、ひっきりなしに行き交った。

黒船橋の南岸は、漁師町の佃町《つくだ》。北岸は裏店《うらだな》の連なる深川蛤《はまぐり》町で、長屋の木戸を出た表通りは永代寺門前仲町である。

長さ二十五間の橋は、住人の暮らしぶりがまるで異なる三つの町を結んでいた。

天保《てんぽう》四（一八三三）年五月十八日、八ツ（午後二時）下がり。

蛤町の鍼灸師《しんきゆう》染谷《せんこく》は、大横川の河岸《かし》に出て身体に伸びをくれた。立て続けの治療を終えたあと、河岸に立って伸びをするのは染谷のくせである。

安永三（一七七四）年生まれの染谷は、今年、還暦を迎えた。しかし髷《まげ》を結わない総髪《そうはつ》はまだ黒々としており、肌には染みもない。

背丈は五尺二寸（約百五十八センチ）と並だが、肉置《ししお》きにはいささかのたるみもなかった。両手を一杯に挙げて背筋を張ると、背丈が一寸は伸びて見えた。

気持ちよく晴れ渡っており、陽はまだ空の高いところにあった。ひときれの雲もなく、日ごとに勢いを増す日差しの照り返しが大横川の川面《かわも》を輝かせていた。

「先生、相変わらず達者そうでやすねえ」

棹《さお》を握った川並《かわなみ》（いかだ乗り）が、大横川から声をかけた。流れはゆるく、いかだはひとが歩く速さで木場に向かっていた。

「腰の痛みはどうだ」

染谷がかすれ声で問いかけた。

「あれっきり、なんともねえんで」

「それはなによりだが、腰の痛みを舐《な》めてはいかん。いつまた、痛みがぶり返すやも知れぬでの」

「そんときはまた、先生んとこへ顔を出しやすから」

ぺこりとあたまを下げた川並は、勢いよく川に棹を突き立てた。うなずきで応《こた》えた染谷は、もう一度大きな伸びをしてからきびすを返した。

染谷の治療院は、大横川に面した平屋である。敷地は七十坪で、つつじの生垣に囲まれていた。治療院の先には、徳兵衛《とくべえ》店《だな》の木戸がある。蝶番《ちょうつがい》が傷んでいる木戸は、閉じられることがなかった。

無用心に思えるが、裏店の住人に金持ちはいない。盗人《ぬすっと》を案ずることもなく、木戸が閉じなくても文句を言う店子はいなかった。

裏店と染谷の治療院とは、四半町（約三十メートル）も隔たってはいない。徳兵衛店の物音は、治療院の玄関先にまで届いた。

玄関の格子戸に手をかけようとした染谷が、ふっと長屋に目を向けた。女の泣き声が耳に届いたからだ。

年ごろの娘らしく、抑えた泣き声である。娘をさとしている女の声には、聞き覚えがあった。通い船頭の女房、おきねだ。

染谷がふっと首をかしげた。

おきねには娘がいるが、いまは日本橋のお店《たな》に女中奉公に出ているはずだ。藪入《やぶいり》でもない五月中旬の八ツ過ぎに、長屋にいるはずがなかった。

次の患者がくるまでには、まだ四半刻（三十分）以上も間があった。頭上で群れを作って啼《な》いている都鳥《みやこどり》（かもめ）が、徳兵衛店に向かって飛んでいる。

都鳥を追う形で、染谷は長屋に入った。

泣いていたのは、やはりおきねのひとり娘、おちさだった。長屋の井戸端には、大きな石が置かれている。差配の徳兵衛が、腰をおろして煙草《たばこ》を吹かす石だ。

おちさとおきねの母娘が、石に並んで座っていた。

「どうした、おちさ坊……」

長屋で生まれたおちさを、染谷は赤ん坊のころから知っている。十七になったいまでも、ついおちさ坊と呼んだ。

「いいところにきてくれました」

途方に暮れた顔つきのおきねが、染谷に駆け寄った。日和《ひより》続きで、長屋の地べたは乾いて固くなっている。

おきねの履いた杉の粗末な下駄が、カタカタと鳴った。

「旦那様のご機嫌に障ったとかで、朝のうちにお店から暇を出されたんですよ」

「おちさ坊が、か?」

驚いた染谷の語尾が、わずかに上がった。

おちさは小さいころから、だれにでも愛想がよく、気働きもできることで長屋でも評判のこどもだった。

四年前の十三歳の晩秋に、日本橋の鰹節《かつおぶし》・乾物問屋の老舗《しにせ》、焼津屋《やいづ》に奉公がかなった。間に立ったのは、門前仲町の乾物屋、喜田屋《よしだ》のあるじである。

こども時分からおちさは母親の言いつけで、毎日のように喜田屋に出向いた。

四年前、文政十二（一八二九）年の十月初旬。当時十三歳だったおちさが喜田屋に顔を出したとき、たまたまあるじの喜兵衛《きへえ》が店先にいた。

「煮干を十文ください」

長屋のこどもに似合わず、おちさは物言いがていねいだった。母親のおきねは、娘時分にお店奉公をした。そのとき、おきねはきちんとした物言いを身につけた。

こどもは、母親から言葉遣いをしつけられていた。

「細かいのがなくて、小粒銀でおっかさんに言われたんです……手間をかけて、ごめんなさい」

十文の煮干を買うのに、おちさは一匁《もんめ》の小粒を差し出した。

江戸では、金貨・銀貨・銭貨の三種類のカネが通用していた。

公儀は金貨の小判一両を、本位通貨と定めた。そして四分の一両にあたる『分《ぶ》』と、四分の一分にあたる『朱《しゅ》』を小判一両の補助通貨として鋳造した。

しかし金貨は、十六分の一両相当の一朱金でも、町民が使うには額が大き過ぎる。そこで公儀は、ひと粒一匁の小粒銀を鋳造した。小判一両銀六十匁が、公儀の定めた両替相場だ。つまり小粒銀ひと粒は、六十分の一両相当の通貨である。

しかしこれでもまだ、町民が日常の暮らしで使うには額が大きかった。

公儀は金貨・銀貨のほかにもうひとつ、一枚一文の銭を鋳造した。そして小判一両銭四貫（四千）文の両替相場を定めた。

この相場で両替すれば、銀六十匁が銭四貫文。小粒銀ひと粒が六十七文である。

小粒と銭とが、長屋暮らしの者には普段使いのカネとなった。とはいえ、銀と銭の両替相場は毎日のように動いた。

銭座の鋳造が間に合わなくて銭不足のときには、銀一匁が六十二文にまで値上がりした。逆に銭が市中にあふれたときには、一匁の小粒が八十九文にもなった。

おちさが煮干を十文買い求めに行った文政十二年は、銀と銭との相場が八十三文から八十六文の間で、毎日上下していた。

「どうしたんだ、おちさちゃん。親父さんが給金をもらったのか」

いつものおちさは、銭で買い物をした。裏店の住人が小粒を使うのは、給金をもらった翌日と相場が決まっている。

「小粒ではだめですか」

おちさが、心配そうに目元を曇らせた。

銀が高値で一匁八十三文だとしても、十文の買い物ではつり銭のほうが多くなる。それを嫌がって、十文、二十文の買い物では小粒を拒む店も少なくなかった。

「給金の次の日なら、仕方がないさ」

おちさが持参した布袋に煮干を詰めてから、喜兵衛はつり銭を用意した。

「七十六文のおつりだ。数が多いから、しっかり数えなさい」

喜兵衛は銭の山を、おちさの両手に載せた。

布袋を地べたに置いてから、おちさは一枚ずつ銭を数えた。喜兵衛が口にした通り、七十六文あった。

「二文多過ぎます」

きんちゃくに銭を仕舞ってから、おちさは二枚の一文銭を喜兵衛に返そうとした。

「なんだい、多いとは……あたしは、七十六枚をしっかり数えたはずだが」

「数は合ってました」

「だったら多くはないだろう。小粒ひとつは八十六文で、煮干は十文だ。差し引き、七十六文のつりで勘定は合っている」

十三歳の女の子につり銭違いだと言われて、喜兵衛は声を尖《とが》らせた。

「黒船橋の銭売りは、今日は一匁八十四文で売っています。八十六文だったのは、おとといでした」

きっぱりと言い切ったおちさは、喜兵衛の手に二文を握らせた。喜兵衛は目を見開いておちさを見た。

「おちさちゃんは、銭売りの相場を知ってるのか」

「おっかさんに言われて、毎日深川の銭売りさんを見て回っています」

おちさは深川界隈《かいわい》の、銭売りごとの両替相場を摑《つか》んでいた。そしてもっとも銀を高値で買う銭売りで、両替をした。

「驚いたもんだ」

心底から感心した喜兵衛は、その夜に徳兵衛店をおとずれた。

「日本橋の焼津屋さんという老舗が、女中見習いの奉公人を欲しがっている。おたくさえよければ、おちさちゃんの奉公の仲立ちをさせてもらいたい」

焼津屋の番頭は、見込みのありそうな子がいたら紹介して欲しいと、喜兵衛に頼んでいた。十三歳なら、女中見習いには適した歳である。

長屋のこどもには、日本橋のお店奉公は願ってもない話だ。

「焼津屋さんなら、うちの船宿の上得意でやしてね。お店の内証のよさは、充分に分かってやす。そちらにおちさの奉公がかなうなら、ぜひとも仲立ちをお願いしやす」

父親の徳三《とくぞう》が、深々とあたまを下げた。大店の女中奉公を経ているおきねに、異存のあるはずもない。

おちさの奉公は、焼津屋一番番頭の吉五郎《きちごろう》が吟味をして決まった。文政十二年十一月のことである。

以来、天保四年五月十八日の今日まで、おちさは番頭にも内儀にも気に入られて、奉公を続けていた。

「おちさ坊が奉公先をしくじるとは、にわかには信じられないが……よかったら、うちにきて茶でも飲まないかね」

「先生は、治療でお忙しいでしょうに」

徳兵衛店の者なら、だれもが染谷の身が忙しいことを知っている。おきねの声は、患者を待たせるのを案じていた。

「次の治療まで、まだ四半刻は間がある。おちさ坊と会ったのは、正月の藪入以来だ。遠慮は無用ぞ」

親身な声をかけられて、おちさは涙を拭《ぬぐ》ってから立ち上がった。

「それでは、お言葉に甘えて……」

おきねが軽くあたまを下げたとき、染谷はすでに治療院へと歩き始めていた。

おきねとおちさが、あとを追って歩き始めた。徳兵衛の飼い猫が、前を通り過ぎるおちさを見上げていた。

二

「かあさん、めずらしいお客さんを連れてきた。茶をいれてくれ」

玄関の格子戸を開くなり、染谷が奥に声を投げ入れた。

「なんですか、あなたは……なかにきちんと入ってからと、いつも……」

連れ合いの太郎《たろう》が、染谷をたしなめながら顔を出した。その口が途中で止まったのは、おちさの姿を見たからだ。

「こんにちは、おばさん」

軽やかな声であいさつをするおちさは、すっかり立ち直っているように見えた。

「これはほんとうに、めずらしいお客さんだこと」

言ったあとで、いぶかしげな顔になった。

「あたし……お店からお暇を出されました」

太郎が抱いた疑問を察したおちさは、自分の口で答えを言った。

「お暇って……おちさちゃんが？」

「待ちなさい。玄関先で話すことじゃない」

染谷が割って入り、連れてきた母娘を招き上げた。

式台の正面が、染谷の治療室である。式台の周りには、燃やしたもぐさの残り香が立ち込めていた。

「なつかしい、この香り……」

十歳ころまでのおちさは、灸の治療を受ける徳三に手を握られて、月に何度も治療院に顔を出していた。

「部屋をのぞいてもいいですか」

「いいとも」

患者はいないと分かっている染谷は、おのれの手で治療室の板戸を開いた。

部屋のなかには一畳大の治療台が五台、杉で拵《こしら》えた長さ六尺（約百八十二センチ）の腰掛が二台置かれている。台は鍼《はり》治療に、腰掛は灸をすえるのに用いる。

鍼灸のいずれも、染谷は名人で名前を知られていた。が、灸のほうがはるかに人気があった。

「効くのは分かっているんだが、どうにも鍼を刺されるのはおっかなくて駄目だ」

「あんたが先に口を開いたから言うわけじゃないが……じつはあたしも、鍼は大の苦手なんだよ」

染谷よりも年長の年寄たちが、真顔で鍼を怖がった。そんなわけで、患者が求める治療は、鍼よりも灸のほうがはるかに多い。

鍼の治療台は、ひとりが一台を占めた。

長さ六尺の腰掛は、年寄が詰めれば一台に五人は座れた。二台で十人である。

染谷は、灸に用いるもぐさをおのれの手で拵えた。元になるよもぎは、川崎大師《かわさきだいし》門前町の原田屋が、十日に一度納めにきた。

そのよもぎを何度も何度もほぐし、きめの細かいもぐさを作り上げた。もぐさ作りは、女房の太郎も手伝った。

出来上がったもぐさを、染谷は一本の楊枝《ようじ》ほどに細長く延ばした。そして米粒大にちぎり、患者のツボに置くのだ。

もぐさが小さいので、線香で火をつけると見る間に燃え尽きた。ゆえに、灸特有の熱さや痛みを感じずに済んだ。

灸をすえるときでも、染谷は鍼治療と同じように、巧みな手つきでツボの真上にもぐさを置いた。

「先生のお灸はちっとも熱くないのに、身体の芯《しん》が、すうっと楽になっちまうよ」

熱くないのに、患部にじかに効く。

これが評判となって、大川を渡った先の日本橋や、さらに遠くの神田や水道橋あたりからも患者が押しかけてきた。

偶数日は朝の五ツ半（午前九時）から九ツ（正午）までの一刻半（三時間）を、染谷は治療にあてた。

奇数日は八ツ（午後二時）から七ツ（午後四時）までの一刻を、治療どきと定めていた。

治療が休みとなる偶数日の午後は、深川界隈のこどもたちを集めて、読み書き・算盤など学問の基本を教えた。

鍼も灸も、患部とツボを見定めるのが肝要である。それゆえ治療は、陽光の差し込む間に限った。百目ろうそくを十本灯したとしても、分厚い雲がかぶさった雨の日の薄明かりにはかなわなかった。

患者が立て込んでいるときは、染谷は一度に十人の灸をすえた。そのときばかりは、治療室の杉の板戸を大きく開いた。

閉じたままでは、染谷当人がもぐさの煙で咳き込んだ。咳き込みながらも、染谷の手先は、見事に患者の容態に一番効くツボを探り当てた。そして小さなもぐさを患部に載せ、線香で点火した。

その滑らかな手つきに、灸を待つ患者のだれもが見とれた。

「先生はお灸師じゃなくて、ツボ師だね」

「あらまあ……ツボ師とは、うまいことを言うじゃないか」

容態に効くツボに、小さな灸を手際よくすえる。患者たちは、だれもが染谷を『ツボ師』と呼んで敬慕した。

深川では、まだ青洟《あおばな》を垂らしたこどもでも、『ツボ師染谷』の名を知っていた。

「ほどなく患者さんがやってくるから、ゆっくりは話していられないけど……」

湯気の立つ焙《ほう》じ茶を、太郎は母娘の前に置いた。朱塗りの菓子皿には、永代寺仲見世《なかみせ》で買い求めた、武蔵屋の堅焼きせんべいが載っていた。

「おちさちゃんは、日本橋の焼津屋さんにご奉公していたんでしょう」

「はい……」

消え入りそうな声で返事をしたが、おちさは目を潤ませたりはしなかった。

「さっき玄関先で、お店から暇を出されたって聞いたような気がするけど」

「そうです。あたしがそう言いましたから」

「そうなの……」

思案顔になった太郎は、あとの言葉を呑み込んだ。

蛤町界隈では、おちさの気立てのよさをだれもが誉《ほ》めた。年ごろになるにつれて、おちさは器量もすこぶるよくなった。

十三歳の晩秋から、おちさは奉公に出た。そして一年余、十五の正月に初めて藪入で徳兵衛店に帰ってきた。

上背も伸びていたが、身体つきに娘ならではの豊かな丸みが加わっていた。大きな瞳は潤いを含んでいたし、ほどよく厚い唇は紅を引かずとも艶《つや》が感じられた。

胸も尻も、膨らみを見せている。

二年ぶりにおちさを見て、土地の若い者が目を見開いた。

器量よしになったおちさは、気働きにも一段と磨きがかかっていた。

藪入で帰ってきたおちさは、染谷と太郎の元へあいさつに顔を出した。

「おとっつあんとおっかさんは、染谷おじさんが診てくれているから安心です。これからも、なにとぞよろしくお願いします」

わずか一年余会わなかったうちに、おちさはこどもから娘へと育っていた。

いま目の前に座っているおちさは、あの藪入のころよりも、さらに娘を感じさせた。

「立ち入ったことを訊《き》くようでわるいけど、暇を出されたのは、どういうわけなの？」

親身な口調ながらも、太郎の問いかけにはいい加減な答えを許さない強さがあった。

染谷と所帯を構えるまで、太郎は洲崎《すさき》の検番《けんばん》に籍を置く芸者だった。羽織を着て、男名前の源氏名が辰巳《たつみ》芸者の真骨頂である。

気性も男勝りで、いやな客にはどれほど玉代《ぎょくだい》を積まれても座敷にはでなかった。

染谷の女房に納まったいまでも、太郎は名前も気性も昔のままである。ていねいな物言いのなかにも、ひとのこころを動かす強さがひそんでいた。

「旦那様の気に障ることを、大事な日にしでかしたものですから……」

太郎に促されるままに、おちさは暇を出された一件を話し始めた。


毎年五月十八日に焼津屋は得意先を招待して、大川の船遊びを催した。大川の川開きも近い五月十八日は、屋形船で川に繰り出すには適した時季だった。

焼津屋がこの日を招待日に選んだのは、焼津屋初代が、初めての大商いをまとめた日であるからだ。取引がかなった先は、両国橋西詰の料亭、島田屋である。

焼津屋初代は元禄三（一六九〇）年五月十八日に、毎月二百節の鰹節の納めを島田屋から受注できた。

両国の島田屋が使う鰹節ということで、あとの商いが順調に走り始めた。その日の喜びを忘れないようにと、初代は翌年五月十八日に、仕出し弁当を島田屋に注文した。

そして当時十七人だった奉公人全員に、料亭の仕出し弁当を振舞った。これが焼津屋に伝わる、一番大事な慣わしとなった。

大川の屋形船に得意先の招待を始めたのは、いまの当主である。

初代が興した鰹節・乾物の商いは、途中の浮沈を経て、いまでは一年に二万両を超える大店にまで伸《の》していた。

一年に五百両を超える納め先が、十四軒あった。その上得意先の番頭、もしくは手代頭《がしら》を、焼津屋は船遊びに招待した。

「引き出物の吟味に抜かりはないだろうね」

「今年の弁当の味見はどうなっている」

「風呂敷の染がまるでよくないじゃないか」

五月十八日が近づくと、焼津屋四郎衛門《しろうえもん》は毎日のように奉公人の前に顔を出した。そして、あれこれと十八日の支度に注文をつけた。

なにしろ焼津屋初代の当時から、百四十年以上も続く大事な行事である。五月に入ると、三日おきに何人もの空見師を呼んだ。そして、五月十八日の空模様を判じさせた。

「雲の動きが穏やかですから、当日の上天気は間違いありません」

「今日は大川の水面に、魚が見えました。あれが続けば、十八日は晴れます」

上天気と判ずれば、四郎衛門の機嫌がよくなることを、空見師たちはわきまえている。五月初旬の空を見て、十八日の空模様が分かる道理はない。それでも、もっともらしい見立てを口にして、空見師連中は多額の謝金を手にした。

十八日を数日後に控えた十三日から、江戸は空模様が崩れた。雨は翌日も降り続いた。

たちまち四郎衛門の機嫌がわるくなり、奉公人に当り散らした。音《ね》を上げた一番番頭の吉五郎は、五月十五日に小僧を使いに出し、腕利きの空見師を店に招いた。

「明日にならなければ、定かな見立ては言えません」

吉五郎が呼んだのは、真っ当な空見師である。うかつな見立ては口にせず、足代だけを受け取って焼津屋を辞した。

「あれこそが、まことの空見師だ」

手代たちは、あるじが喜ぶことだけを言いっぱなしにした空見師たちの陰口を叩《たた》いた。手代のあけすけな言い方に、たまたまそばを通りかかったおちさがぷっと噴いた。

おちさには、店の手代たちのほとんどが岡惚《おかぼ》れしている。

「あたしの言ったことに、おちささんが噴いてくれた」

手代は仲間に吹聴した。話はひとの口を介するたびに尾ひれがつき、形を変えた。そして、わるいことにあるじの耳にまで届いた。

「旦那様は、空見師にいいようにあしらわれて、謝金だけをむしられている」

四郎衛門の耳には、こんな話となって聞こえた。しかもそれを言ったのが、おちさだということになっていた。

業腹《ごうはら》な思いを抱いたものの、おちさは内儀にもすこぶる評判のよい女中である。しかも奉公人の陰口にあるじが腹を立てたとあっては、器量のほどを問われかねない。

あるじの陰口をきくのは、奉公人の楽しみというのが大店の通り相場だった。

おちさに思うところを抱えながらも、四郎衛門は知らぬ顔を続けた。

しかし我慢の緒は、五月十八日の五ツ半（午前九時）に切れた。

この日仕立てた川遊びの屋形船には、島田屋の仕出し弁当を積み込む手はずとなっていた。焼津屋初代の慣わしに従い、船の昼飯は島田屋の仕出し弁当だと、四郎衛門は決めていた。

招待客十四人分に、接待役の焼津屋当主、番頭、手代などの弁当が十一。都合、二十五の弁当が島田屋から届けられた。奥の玄関で、おちさが弁当を受け取った。

紫色の風呂敷に包まれた二十五個の弁当を島田屋の板前は、五個ずつ五列に積み重ねて帰った。手代も小僧も、招待客の応対に追われている。それが分かっているおちさは、自分の手で船着場まで運ぼうとした。

この日の船頭は、父親の徳三である。

船着場で、おとっつあんに会える……。

おちさは胸を弾ませて弁当を両手に提げた。輪島塗の重箱に納められた弁当は、ひとつでも持ち重りがした。

奥の玄関から船着場までは、およそ二町（約二百二十メートル）離れていた。おちさが持てるのは、左右の手に提げる一個ずつだ。二十五個の弁当を運ぶには、十三回も往復しなければならない。

仕事の骨惜しみをしないおちさは、労をいとわずに運び始めた。が、さすがのおちさも、十回往復したときには、息が上がっていた。

しかし、弁当はまだ五個も残っていたし、船出も近づいている。気の急《せ》いたおちさは、風呂敷の結び目に気を払わぬまま提げた。

焼津屋の角を曲がり、船着場への道に出たとき、こちらに向かってくる四郎衛門の姿が目に入った。

早く運ばないと……。

おちさは足を急がせた。四郎衛門とすれ違う直前に、右手に提げた風呂敷の結び目がほどけた。

重箱が地べたに落ちて、料理があたりに散らばった。

「ばかもの。なんという不始末だ」

おちさに存念を抱え持っている四郎衛門は、通りで怒りを破裂させた。

そばに番頭でもいれば、その場の取り成しもしただろう。が、間のわるいことに、四郎衛門とおちさしかいなかった。

「この弁当が焼津屋にとっては、どれほど大切なものであるか……そんなことすら、おまえにはわきまえがないのか」

今日限り暇を出すと、四郎衛門は吐き捨てた。船出の前に、吉五郎はあるじから沙汰を聞かされていた。しかしこの日の接待は、なにを差し置いても万全に果たさなければならない。

あるじに取り成しもできぬまま、船は大川へと出て行った。

棹を握った徳三は、娘が暇を出されたことは知らぬままだった。

「焼津屋さんの旦那は、そんなに短気で薄情なひとだったのかしら」

「おまえは焼津屋さんを知ってるのか」

得心できない顔つきの太郎を見て、染谷が問いかけた。

「まだ焼津屋さんが若旦那だったころだけど、何度かお座敷に呼ばれたのよ」

酒の呑み方。箸の持ち方。芸妓衆《げいぎ》への祝儀の渡し方。そのどれもが作法にかなっていた。座敷に呼んだ芸妓衆に、まだ年若かった四郎衛門は節度をもって接した。

「きれいに遊ぶ若旦那だと、芸妓仲間では評判がよかったのよ。年を重ねると、男は短気になるのよね」

矛先を染谷に向けて、太郎は口を閉じた。

「わたしは短気じゃないだろう」

染谷が静かな口調で言い返したとき、格子戸が乱暴に開かれた。

「先生っ、先生っ……」

差し迫った声を聞いて、染谷よりもおきねとおちさが顔色を変えた。

声の主は徳三だった。

二

三十八人乗りの屋形船が、黒船橋たもとの船着場に着けられていた。八ツを四半刻ほど過ぎていたが、五月十八日の陽はまだ西空には移っていなかった。

「暑いねえ。まるで真夏じゃないか」

上物の紬《つむぎ》のあわせを着た五十年配の男が、白いうちわを忙《せわ》しなく動かした。

「たしかに暑い」

応えたのは、茶色の細縞紬を着た男である。

「こうして座っているだけで、身体の芯から熱があがってくるようだ」

胸元をわずかにはだけると、茶色のうちわを手にして船端に寄りかかった。

髪に混じった白髪のほども、しわの目立つ顔も、同じような年恰好である。しかしふたりが番頭を務める店は、身代の大きさも商いの中身も、まるで違った。

「それにしても、ひどいにおいじゃないか。あれだけみんなが吐いたら、大川が汚れるだろうに」

白いうちわを手にした番頭が、反対側の船端を指差した。八丁堀弾正橋《だんじょうばし》たもとの乾物屋、青木屋の番頭、宇兵衛《うへえ》である。

「見なさい、五兵衛《ごへえ》さん。焼津屋さんの手代までが、まだ吐き続けている始末だ」

宇兵衛が鼻をつまむような形を見せて、顔をしかめた。

青木屋は尾張《おわり》町界隈の料亭六軒と、小料理屋三十二軒とを得意先に抱えていた。奉公人十三人の小所帯ながらも、一年に三千両の商いがある。青木屋は、鰹節だけでも一年で四百両を焼津屋から仕入れた。他の乾物を合わせると、仕入れ高は七百両を超えた。

焼津屋の得意先のなかでは、飛びぬけて大きな商いでもない。が、青木屋のあるじも番頭の宇兵衛も、大の焼津屋びいきである。

それを分かっている焼津屋四郎衛門は、五月十八日の船遊びには、かならず青木屋を招いた。

「好きで吐いているわけじゃないだろう」

あけすけな不快顔を見せる宇兵衛を、五兵衛がたしなめた。

「苦しがっている者にとやかく言っては、あのひとたちがあまりに気の毒だ」

五兵衛の物言いは、大横川に身を乗り出して吐いている者を、気遣っていた。

年恰好も同じだし、番頭という役目も同じだ。しかし五兵衛の物言いは、宇兵衛には感じられない品のよさがあった。

五兵衛は箱崎《はこざき》町の鰹節専門店、遠藤屋の二番番頭である。

箱崎町界隈には、大きな神社が幾つもある。遠藤屋はそれらの神社、寺をおもな得意先とする鰹節小売りの老舗だ。

寺社の供物には、鰹節が欠かせない。しかも名の通った寺社は、極上の鰹節を求めた。

遠藤屋は享保元（一七一六）年十月の創業当初から、寺社を狙って売り込んだ。

当時の乾物屋は、おのれから寺や神社に売り込んで歩くことはせず、注文の舞い込むのを待つのが商いの主流だった。

創業者の遠藤屋勝之助は、そこに目をつけた。そして店番の奉公人ひとりを残し、店主みずから先頭に立って寺社に売り込んだ。

この商法が大当たりした。得意先となった寺や神社は、他の寺社に顔つなぎをした。

創業から十一年目の享保十一年十月には、寺社廻りの手代だけで二十人を数えていた。

当初は箱崎町周辺が主だった得意先も、江戸朱引き内（江戸城を中心として、その四方、品川大木戸、四谷大木戸、板橋、千住《せんじゅ》、本所《ほんじょ》、深川を境とした内側）の寺社を相手にするまでに伸していた。

遠藤屋は、鰹節の仕入れを焼津屋に限った。二千に届く得意先を抱える遠藤屋は、一年の鰹節仕入れ高が三千両を超えた。

それでいながら、焼津屋との取引姿勢には節度があった。物言いもていねいで、上得意だからと居丈高になることは皆無だ。

焼津屋は当主から手代にいたるまで、遠藤屋をことのほか大事にした。この日船遊びに招かれた五兵衛も、物腰の穏やかな二番番頭だった。

「あんたはそう言うが」

同じ身分の者に軽くたしなめられたのを、業腹に感じたらしい。宇兵衛の物言いは、わずかながらも尖りを含んでいた。

「焼津屋さんの手代たちは、いわばあたしらの接待役だ。それが客の世話もしないで、げえげえとやっていては話にならない」

声を抑えてはいたが、宇兵衛が口にしていることが、船端の手代に聞こえたらしい。

「あいすみませんことで……」

青い顔で、ふたりに詫びた。が、すぐにまた大横川のほうに向き直った。

「あんたも、あの手代さんの顔色を見たでしょうが」

うちわの手をとめずに、五兵衛が静かな口調で話しかけた。

「あんたもあたしも、運良くかまぼこが嫌いだったことで、ひどい目に遭わずにすんだんだ。ここは文句は引っ込めて、運のよさをかみ締めましょうや」

宇兵衛は返事の代わりに、うちわをあおぐ手に力を込めた。

「かまぼこは赤いのも白いのも、いやらしい汗をかいていた。好き嫌いの前に、あんなものを口にするほうがどうかしている」

ひとりごとのようにつぶやくと、宇兵衛は船着場上の河岸を見上げた。

「うちの船頭は、医者を呼びに行ったきりじゃないか。あの男がいなければ、船が動きやしない」

宇兵衛は、文句の矛先を船頭に向けた。

積荷を満載した大型のはしけが、屋形船のわきに並んだ。艫《とも》では三人の船頭が並んで、三丁櫓《さんちょうろ》を漕いでいる。

はしけの船足が速く、見る間にわきを過ぎ去った。大きな横波が生まれて、屋形船を揺らした。

「なんだね、この揺れは」

宇兵衛は屋形船の畳に、両手をついた。

畳に横たわっていた男十人が、揺れに驚いてうめき声を漏らした。

島田屋が拵えた弁当は、この日の温気《うんき》のせいでかまぼこが傷んでいた。

十四人の招待客のうち、宇兵衛と五兵衛をのぞく十二人が、食あたりを起こした。

接待役の焼津屋も、手代八人と二番番頭が同じ目に遭った。しかしあるじの四郎衛門と、一番番頭の吉五郎は弁当を口にしておらず、難を逃れた。

おちさが地べたに弁当を落としてしまい、数がひとつ足りなくなった。

「わたしはいい」

船に乗っても気が鎮まっていない四郎衛門は、奉公人だけで食べなさいと言い置いた。

「それでは道理にかないません」

一番番頭の吉五郎が、弁当を辞退した。

「わたしがいいと、そう言っているんだ。わたしが食べなくても、お客様にはなんとでも言いつくろいはできる」

四郎衛門は、頑として弁当を食べるとは言わなかった。客の手前もあり、いつまでもあるじと一番番頭とが、押し問答を続けてはいられない。

「それでは、てまえが頂戴いたします」

吉五郎が引き下がった。

両国橋をくぐった先で、屋形船はふたつの錨《いかり》を投げ入れて昼飯となった。

艫の囲いのなかでは、三つの七輪に炭火が熾《おこ》された。島田屋が調理した汁の鍋が、ひとつ。残るふたつの七輪には、大きなやかんが載っていた。ひとつは茶をいれるための湯で、もうひとつには酒が入っていた。

大型の屋形船とはいっても、陸《おか》と同じわけにはいかない。やかんで燗《かん》つけしたあと、徳利に移した。

しかしやかんで燗つけはしても、灘《なだ》の下《くだ》り酒で、酒器は伊万里《いまり》焼である。

「毎年同じことを言うようだが、焼津屋さんのもてなしには、感心するばかりです」

招待客は顔をほころばせて、弁当を開いた。煎茶と燗酒、それに輪島塗の椀に入った汁が手代の手で給仕された。

客にすべてが行き渡ったのを見定めてから、船の後部で手代と二番番頭が弁当の風呂敷をほどいた。

この日は朝餉《あさげ》もそこそこに、働き通しで昼を迎えていた。

「お先に頂戴いたします」

あるじを気にしながらも、奉公人たちは弁当に箸をつけた。うなずいた四郎衛門は、船室を出て舳《へ》先《さき》へと移った。

弁当のないあるじが身近にいては、奉公人が気詰まりだと察してのことだった。あとを追って、吉五郎も外に出た。

「てまえは艫で川風に当たっております」

風呂敷包みを手にした吉五郎は、あるじに断わりを伝えてから艫に向かった。

「どうしやしたんで……吉五郎さんは、なかで食うんじゃねえんですかい」

船頭の徳三は、おきねが拵えた大きな握り飯を頬張っていた。

「旦那様のご機嫌が、いまひとつでね」

徳三は焼津屋の奉公人ではない。ゆえに、肩肘《かたひじ》を張った物言いは無用である。

気が張り詰めていた吉五郎は、つい本音を漏《も》らしてふうっと息を吐いた。

「ご機嫌がよくねえのは、あっしにも分かってやしたが……いってえ、なにが起きやしたんで？」

徳三の娘が、あるじ直々に暇を言い渡されたのだ。問われても、答えようがなかった。

徳三が長屋に戻れば、なにが起きたかを察することになる。そのときの徳三の胸中を思うと、吉五郎は弁当を口にする気にはなれなかった。

空の真上には、威勢のいい陽があった。

潮の変わり目が近いのか、大川の流れが止まっている。風もなく、川面は静かだ。

吉五郎は、船端に寄りかかって目を閉じた。強い日差しを顔に浴びつつも、吉五郎はついまどろみを覚えた。

「吉五郎さん、なかの様子が尋常じゃありやせんぜ」

徳三に肩をつつかれて、吉五郎は素早く立ち上がった。手代と客の何人もが、船端に顔を突き出して、食べたものを戻していた。

「どうした、清七《せいしち》」

手代の肩に手を置いて、吉五郎が問い質《ただ》した。手代は答えられず、さらに吐いた。

船の両側で、弁当を口にした者が苦しげに戻している。青木屋の宇兵衛と、遠藤屋の五兵衛のふたりだけが、座を離れていなかった。

「紅白のかまぼこが、わるさをしているんじゃないか」

宇兵衛が見当を口にしているとき、四郎衛門が船室に飛び込んできた。

「どうした、吉五郎。なにが起きたんだ」

四郎衛門も、舳先で居眠りをしていたらしい。慌てて飛び起きたのか、目が赤かった。

「弁当のかまぼこがよくなかったと、青木屋さんがおっしゃいましたので」

立ち上がるなり、吉五郎は全員の弁当を確かめた。宇兵衛の見当は図星だった。

なんともない宇兵衛と五兵衛のほかは、全員がかまぼこをきれいに平らげていた。

「黒船橋までけえりやしょう。そこまで行ったら、染谷さんてえ名人がいやすから」

「だれだ、染谷さんとは」

四郎衛門には聞き覚えがなかった。が、吉五郎はおちさから、染谷のことを何度も聞かされていた。

「鍼とお灸で、どんなやまいでも、あっという間に治してくれるんです。それもいっぺんに、十人も……」

吉五郎から染谷は鍼灸医だと告げられて、四郎衛門は顔をしかめた。しかし、船のなかは修羅場である。

「徳三」

「へい」

「黒船橋に行ってくれ」

「がってんだ」

四郎衛門の許しを待たず、一番番頭が船頭に指図を下した。錨を上げて、屋形船は黒船橋へと走り出した……。

「やっと船頭が帰ってきた」

河岸を見上げていた宇兵衛が、息を切らして駆け戻ってくる徳三を指差した。

あとに続く染谷も駆け足である。ところが顔に陽を浴びているのに、染谷は涼しい顔で駆けていた。

四

顔色の青ざめた二十一人の男が、染谷の治療院で履物を脱いだ。

「これをお使いください」

式台に立った太郎は、徳兵衛店の女房連中と一緒に、水にひたして固く絞った手拭いを差し出した。

「ありがとうございます」

顔色はよくないが、受け取っただれもが吐息とともに手拭いで顔を拭った。

染谷が屋形船まで様子を見に行っている間に、太郎が指図をして用意した手拭いだった。

「備えはできています」

染谷に伝える太郎は、たすきがけである。すでに六十の峠を越えているのに、太郎の物言いも所作も凜《りん》としていた。

「診療を待っている間に吐きたくなった方は、遠慮なしにうちのかわやと台所を使ってください」

太郎はそれぞれの場所を指し示した。

口のまわりのよごれを拭いたことで、二十一人の男たちは、わずかながらも気持ちが落ち着いたようだ。銘々が、太郎にうなずき返した。

「口のなかが気持ちのわるい方は、裏手の河岸にうがいの備えがしてありますから」

「それは助かります」

招待客の年長の番頭が、青い顔で太郎に会釈をした。

「お手数でしょうが、てまえにうがい水を使わせてください」

だれもが、口のなかに心地わるいものを残していた。もう一度、全員が履物を履いて裏手へと廻った。

玄関の格子戸は、開け放たれたままである。二十一人の口をすすぐ音が、式台にまで流れてきた。

「まことにご造作をおかけいたします」

四郎衛門が染谷と太郎にあたまを下げた。

まだ、なにも治療は始まっていない。が、そこは老舗焼津屋のあるじである。染谷と太郎のきびきびとした所作から、人柄と技量のほどを感じ取ったようだ。

あたまの下げ方には、四郎衛門の気持ちがこもっていた。

「湯冷ましができました」

おちさが大きなやかんで、湯冷ましを運んできた。

「おまえが、どうしてここに……」

おちさと染谷の間柄を知らない四郎衛門が、息を呑んだような顔つきになった。

「ここがあたしの在所です」

あるじの顔を見るのは、おちさにはきまりがわるかった。短く答えただけで、やかんを提げて裏口に廻った。

「診療の前に、湯呑み一杯の湯冷ましを飲ませなさい」

「かしこまりました」

答える太郎の横顔を、四郎衛門が見詰めていた。なにかを思い出そうとするような顔つきである。

「洲崎の太郎です」

相手が思っていることを察するのは、太郎のおはこだ。名乗られて、焼津屋がわれ知らずに帯の前で手を叩いた。

「その節は、ごひいきにあずかりまして」

「いや……こちらこそ……」

ふたりが場違いなあいさつを交わしているさなかに、うがいを終えた者が戻ってきた。

「食べたものを戻したことで、身体の水が足りなくなっています。診療の前に、みなさんは湯冷ましを飲んでください」

太郎の指示は、疑問をはさむ隙間がないほどに確かである。履物を脱いだ者から順に、台所へと向かった。

長屋からかき集めた湯呑みは、形も色もまちまちである。その湯呑みに、おちさが湯冷ましを注いだ。

染谷の指図で、湯冷ましには砂糖が混ぜられていた。

「これはおいしい……」

つい先刻まで吐き続けていた男たちが、湯呑みの砂糖水を飲み乾した。

おちさが男たちに微笑《ほほえ》みかけた。

吐き気の苦しみを、和らげるような笑みである。

四郎衛門は、顔を引き締めておちさを見ていた。口はきつく閉じ合わされていたが、目元にけわしさはなかった。

治療に先立ち、染谷は患者の脈を診た。脈の打ち方で、患者のどこが痛んでいるのか、およそ六割がつかめるからだ。

「舌を出して」

脈のあとは、舌を診た。

言われた者のほとんどは、医者に舌を見せたことなどなかった。どれだけ出せばいいかの加減が分からず、べろっと出したり、ちょろりと出したり、それぞれが違った。

脈、舌を診たあと、染谷は着衣の胸元をはだけさせた。そして顔色と、肌の色艶の具合を確かめた。

患者は、二十代の手代から、五十路《いそじ》をとうに越えた番頭まで、年齢はまちまちである。奉公するお店によって、日々の暮らしぶりも異なった。

しかも二十一人全員が、この日初めて診る者ばかりである。身体にやまいを抱えているのか、健やかな者なのかの診断が肝要だ。

染谷は患者の様子を、ひとりずつ、念入りに確かめた。だれもがやまい持ちではないと診立ててから、問診に移った。

染谷は問診に先立ち、宇兵衛と五兵衛から細かな聞き取りを行った。

ふたりは同じ弁当を食べたにもかかわらず、胃ノ腑《ふ》に変調をきたしていなかったからだ。

染谷は、かまぼこに食あたりの元がひそんでいたと見当をつけた。

「弁当に入っていたもので、思い出すと気分のわるくなるものは？」

問うたのは、この一点だけである。二十一人の全員が、かまぼこだと答えた。なかには、かまぼこと口にした直後に、口を押さえた者もいた。

「いつもの倍の太さに、もぐさを用意しなさい」

太郎に灸の支度を指図した染谷は、全員をうつぶせに寝かせた。

鍼の治療台と灸治療の腰掛は、長屋の女房連中の手で別間に移してある。身体をくっつけ合わせることで、患者全員が治療室の床にうつぶせになれた。

太郎から太めに延ばしたもぐさを受け取ると、長さもいつもの倍にちぎった。それを患者の足の裏の、人差し指の膨らみに載せた。そして、線香で点火した。

いかに名人染谷といえども、二十一人全員には、一度に火はつけられない。十人と十一人の二度に分けて点火した。

治療室に、もぐさの煙が立ち込めた。板戸は外してあるが、これだけの患者に、一度に灸をすえるのは初めてである。

太郎とおちさは、大きなうちわを手にして煙を外に追い出した。

患者の様子を見ながら、染谷は同じ場所に何度も灸をすえた。

「熱いと感じた者は、うつぶせのままでよろしいから手を挙げなさい」

ほとんどの者が、四度目の灸で手を挙げた。

「もう起き上がってもよろしいぞ」

全員の手が挙がったのを見定めてから、染谷は線香の火を消した。

「あっ……胃ノ腑のむかつきが、嘘のように消えています」

「あたしもだ」

着衣の胸元を合わせつつ、銘々が驚きの声を漏らした。

「食あたりのむかつきが残っている間は、灸の熱さを感じない。熱いと気づいたときは、もはやわるいものは消えておる」

「ありがとうございます」

患者の全員が、深々とあたまを下げた。顔を上げたときの目には、染谷を敬う光が宿されていた。

「今日のところは、このまま帰らせていただきます。御礼には、てまえがあらためてうかがわせていただきます」

「後始末がござろうゆえ、うちのことは慌てなくてもよろしいぞ」

「重ね重ね、御礼の言葉もございません」

礼の言葉を重ねたあとで、四郎衛門は台所のほうに目を向けた。なにかを探しているような目つきである。

「おちさちゃんなら、長屋に戻って湯冷ましの後片付けをしています」

またもや太郎が、四郎衛門の胸のうちを読み取っていた。

「さようでございますか」

四郎衛門が玄関の土間に目を落とした。うつむいたまま、思案をめぐらせているようだ。

染谷と太郎は、黙って四郎衛門を見ていた。

大きな息を吸い込んでから、四郎衛門が顔を上げた。

「散々にご造作をかけたうえで、まことに厚かましい次第とは存じますが……」

「なんでしょう」

四郎衛門を見る太郎の目が、柔らかだ。頼みがなにかを察しているようだが、太郎は口を閉じていた。

四郎衛門は、空咳をひとつしてから太郎を見た。

「後片付けを済ませたあとは、日暮れまでに戻ってくるようにと……おちさに伝えていただけましょうか」

「かしこまりました」

太郎は神妙な顔を拵えて引き受けた。

開け放たれた玄関に、都鳥の啼き声が流れ込んできた。

寝覚《ねざ》めの床《とこ》

一

深川は掘割の町である。

小名木《おなぎ》川、仙台堀、大横川の三筋が東西の大きな流れだ。その川から枝分かれした無数の堀が、深川を縦横に結んでいた。

江戸湾に着いた大型船の積荷は、海上ではしけに積み替えられる。

「ばかやろう、しっかり錨《いかり》を打っておきねえ。船が揺れて、荷がおろせねえじゃねえか」

船に乗り込んだ仲仕《なかし》が、はしけの船頭を怒鳴りつけた。荷下ろしを誤って積荷を海に落とすと、荷主から責められるのは仲仕衆だからだ。

「すまねえ、にいさん」

年季の入った船頭が、素直に詫びた。

「いますぐ、もう一本錨を打つから待ってくんねえ」

仲仕に嫌われると、はしけは仕事にあぶれてしまう。自分より相手が年下でも、船頭は仲仕の言うことには逆らわなかった。

海から大川を遡行《そこう》してきたはしけは、永代橋の手前で行き先を選ぶことになる。

ひとつは霊岸島《れいがんじま》の堀に入り、八丁堀を経て京橋河岸や日本橋に向かう。灘からの下り酒はおもに霊岸島の堀に入った。この河岸には、酒の蔵が幾つもあるからだ。

雑穀、醤油、味噌などは永代橋をくぐり抜けた大川東岸の、佐賀町の蔵に荷揚げされた。佐賀町河岸には、大小合わせて百を超える蔵が並んでいる。

この蔵で仕分けされた後に、掘割を使って深川や本所の各町へと運び出された。

杉、松、檜《ひのき》などの材木は、沖合いで川並《かわなみ》が、いかだに組んだ。

丸太に乗り、足で転がして寄せ集める。少々の波などはものともせずに、川並は丸太を転がした。

横に四本の丸太を寄せ集めたあとは、長柄の先についた鉤《かぎ》を使って綱をかけた。

「やっぱり玄《げん》さんにはかなわねえ」

松の丸太に載せた米粒を、長柄の手鉤でひと粒ずつ弾き飛ばして、的にぶつけられる技が玄助《げんすけ》の売り物である。

若い川並三人が、鉤で巧みに綱を巻きつける玄助の手並みを見て、技のほどに見入っていた。

組み上がったいかだは、大川をさかのぼって木場へと運ばれる。木場に向かうには、ふたつの筋があった。

ひとつは永代橋をくぐり、佐賀町河岸を東に折れて仙台堀に入る経路である。

仙台堀は、川幅が二十間（約三十六メートル）もある、大きな筋だ。丸太を縦に何本も連ねた大型のいかだは、仙台堀を用いて木場へと向かった。

もうひとつは永代橋の手前、公儀御船蔵のわきから大横川へと入る経路である。仙台堀と同じく、川幅二十間だ。

幅は狭いが、木場に向かうにはこの筋のほうが近道である。それに加えて、仙台堀に比べれば、川面を行き交うはしけや乗合船の数が少なかった。

川並の技量は抜きん出ていても、今年で五十路を迎えた玄助である。横四列、縦六列の大型のいかだは手に余った。

横三列、縦三列の中型いかだが、玄助の受け持ちである。玄助は仙台堀よりも、大横川を好んで使った。

天保四（一八三三）年六月四日、五ツ半（午前九時）。玄助のいかだは、黒船橋をくぐり抜けた。

江戸は五月下旬に梅雨入りをした。が、六月一日からは、梅雨の合間の晴天が続いている。

大横川の濁りは薄まっており、流れはゆるやかだった。

「先生、おはようごぜえやす」

棹でいかだの走りを加減しながら、玄助が川岸の染谷に声を投げた。

「おう……玄助か。相変わらず仕事に精出しておるの」

染谷が日焼けした顔をほころばせた。話しているところに、染谷と同じ年恰好の男が石段を降りてきた。

「なんでえ……昭年《しようねん》先生も一緒だったんですかい」

「なんでえとは、朝からまたとないあいさつをもらった。一緒でわるかったの」

昭年が得意の嫌味を口にした。染谷と昭年は同い年で、宿も大横川沿いに隣り合って建てられていた。

「ことによると、うなぎ獲りでやすかい」

玄助は昭年の嫌味には取り合わなかった。

「晴れ続きで、流れがゆるくなってるでの。うなぎも戻ってきただろうよ」

川に仕掛けておいたうなぎ筒を、染谷が引き上げた。青竹を細く割き、筒状に編んだものがうなぎ筒である。

海から大川を上ったうなぎは、小名木川と大横川に多く棲みついていた。このふた筋の川泥には、うなぎが好む赤虫《あかむし》が多くいたからだろう。

うなぎの入り具合が知りたくて、玄助は川に棹を差していかだを止めた。

「上首尾、上首尾」

染谷が声を弾ませた。飴玉《あめだま》をもらったこどものような、甲高い声である。その物言いからは、鍼灸《しんきゆう》名人の威厳はかけらもうかがえなかった。

「大きいのが四匹も入っておる」

染谷は筒を昭年に手渡した。筒のなかを覗《のぞ》きこんだ昭年も、目元をゆるめた。

「大漁でなによりでやした」

首に巻いた手拭いで汗を拭ってから、玄助はいかだを動かそうとした。

「待ちなさい」

染谷が玄助を引き止めた。

「おまえに訊きたいと思っていたところだ」

「なんでやしょう」

「進吉《しんきち》がどうしているのか、おまえは知っておるか」

問われた玄助が、戸惑い顔を見せた。

染谷は治療院の裏手に借りた二十畳の広間で、鍼灸の稽古場を開いている。治療が休みとなる偶数日の午後が稽古日で、深川界隈の十歳から十五歳までの男女九人に稽古をつけていた。

進吉は十五歳で、弟子のなかでは最年長である。呑み込みもよく、ツボの見つけ方にも長《た》けている弟子だが、五月二十八日、六月三日の二回、稽古にあらわれなかった。

「あっしが言うことじゃねえかもしれやせんが……」

玄助はもう一度、川に棹を差し直した。

「進吉の親父は、どうにもしょうがねえやろうでやしてね」

玄助の宿は、海辺《うみべ》大工《だいく》町の裏店、庄助店《しょうすけだな》である。進吉の父親芳三《よしぞう》は通いの大工で、庄助店の別棟に暮らしていた。

「平野町の検校《けんぎょう》から、ゼニを借りてやがるんでさ」

「わしも、進吉から聞いた覚えがあるが……その借金がどうかしたのか」

玄助は棹を操り、いかだを岸辺に寄せた。周りに人影はなかったが、大声で話すことではないと思ったからだろう。

いかだを染谷に近づけたあとで、玄助は声をひそめた。

「芳三のやろうは、元金はもとより、利息も払ってなかったんでさ」

玄助が、大きなため息をついた。


五月二十八日の朝。

梅雨の雨降りのなかの六ツ（午前六時）早々に、庄助店に検校配下の五人の男たちが押しかけてきた。

いずれもカネで雇われたごろつきである。

「てめえがゼニをけえすまで、この小僧を預かっとくぜ」

嫌がる進吉を、むりやり連れ出した。

連れて行った先は、平野町の検校屋敷である。居場所がはっきりしており、貸金のカタに連れ去ったことゆえ、かどわかしだと訴え出ることもできない。

たとえ自身番小屋に訴えたところで、借金を返さぬほうがわるいと、追い返されるだけだった。

検校が相手では、番小屋の目明《めあか》しも腰が引けた。

カネの貸し借りの揉《も》め事に関しては、奉行所は「相対《あいたい》にて話し合いをいたせ」と、門前払いにした。が、検校の訴えだけは受け付けた。盲人に対する配慮である。

公儀の保護を後ろ盾にして、検校は相当にあこぎな取立てに及んだ。番所に泣きついても、役人は受けつけなかった。


「仕事が終わったあとで、わしのところに顔を出してくれんか」

うなぎの蒲焼を用意しておくと言われて、玄助はふたつ返事で引き受けた。

五十男とも思えない威勢の良さで、玄助が流れに棹を突き立てた。見送る染谷は、両の目を曇らせていた。

二

染谷が大横川で獲ったうなぎで、門前仲町の宮川が蒲焼を拵《こしら》えた。

うなぎをさばくのは、素人には無理だ。宮川のあるじが染谷の治療を受けている縁で、川で獲ったうなぎは、いつも宮川の職人が蒲焼に仕上げた。

ほどよい大きさの四匹は、ていねいに炭火で焼き上げられた。たっぷりと塗られた宮川自慢のタレは、治療院の細身のろうそくの明かりでも、美味《うま》そうな色艶を見せていた。

「遠慮なしに、いただきやす」

口のなかに唾をためた玄助は、細長い魚皿に載った蒲焼に箸をつけた。

「うめえ」

玄助は、ひと箸つけるごとに同じ言葉を繰り返した。

「宮川の職人が串を打って、存分に焼き上げたうなぎだ」

うまいとしか言わない玄助を、昭年が渋い顔で見た。

「うまくて当たり前だろう。ほかにもっと、気の利いたことが言えんのか」

玄助を見る昭年の目が険しい。

「勘弁してくだせえよ、先生……」

口に残ったタレの甘さを酒で流したあと、玄助は蒲焼から昭年に目を移した。

「うなぎを食ってる間だけでも、その嫌味な口を閉じててくだせえや」

せっかくの蒲焼がまずくなると、玄助が口を尖らせた。

「わしに文句をつける口は達者だの」

昭年の口元が、わずかに歪《ゆが》んでいた。

治療院の板の間で膳を囲んでいるのは、玄助、染谷、昭年の三人である。染谷と昭年は、同い年の六十歳だ。

年下とはいっても、玄助も五十である。

いい歳をした昭年と玄助だが、顔を合わせると嫌味をぶつけ合う。さりとて、うまが合わないわけではなかった。

三人とも、釣りがなにより好きである。

玄助の仕事は、五日ごとに一日の明け番となった。その日は染谷も昭年も治療をやりくりして、小名木川や大横川で釣り糸を垂れた。

腕は昭年と玄助が互角で、染谷はいつも釣果《ちょうか》では後れをとっていた。

昭年と玄助は、いわば腕を認め合った釣り敵《がたき》である。釣り場では心安く話しているが、竿《さお》を手から放したときは、ふたりともわざと相手が嫌がることを口にした。

「大事な話が聞きたくて、玄助を呼んだ。今夜だけは、おまえも口を慎んでくれ」

染谷が真顔で昭年をたしなめた。

「そうだったな」

昭年は顔つきをあらためて、膳の盃を手に取った。

昭年は名医として、多くの患者から頼りにされている。裏店の住人のみならず、大川を西に渡った先の大店からも、往診を頼まれるほどに評判が高かった。

その昭年を真正面からいさめられるのは、染谷と、昭年の女房ぐらいだ。

問診し、触診して薬よりも鍼灸のほうが効果ありと判じたときは、隣の染谷に患者を回した。

染谷も同様である。

「あんたは胃ノ腑にただれがある。隣の昭年先生に詳しく診てもらって、適した薬剤を調合してもらいなさい」

染谷と昭年は、ふたりともおのれの面子《メンツ》にはこだわらない。患者に一番効果ありと思われる手立てを的確に判ずるのだ。

患者にはそれが分かっているがゆえに、ふたりの元には深川中からひとが押し寄せた。

染谷と昭年は、相手の技量を互いに敬い合っている。ゆえに遠慮のない物言いを交わすことができた。

「今朝がた、おまえが言っていた検校のことだが」

盃の酒を干してから、染谷は玄助に話しかけた。

「もう一度、詳しく聞かせてくれ」

「それはようがすが……あっしもそれほど詳しく知ってるわけじゃありやせんぜ」

「構わん」

盃を膳に戻した染谷は、正面から玄助を見つめた。

「進吉はわしの弟子だ。連れ去られたと知ったいまは、捨て置くわけにはいかんでの」

染谷の目が、強い光を帯びていた。患者のむずかしいツボに鍼《はり》を打つときと、同じ目つきである。

玄助が思わず背筋を張って箸を置いた。

「先生は、平野町の大木尊宅《そんたく》てえ名の検校を知ってやすか」

「いや、聞いたことはない」

「わしは知っておる」

昭年がわきから口をはさんだ。

「何人もの医者を追い返したという、身体の大きな検校だろう」

「その通りでさ」

玄助が昭年に目を移した。

「カネに糸目はつけねえからと言って、本所や浅草の医者を四人だか五人だか、検校屋敷に呼び寄せたらしいんでさ」

ところがどの医者も、尊宅が満足する診立てができなかった。触診のさなかに怒鳴り出し、配下の者に指図をして屋敷から叩き出すことを繰り返した。

その悪評が医者仲間に知れ渡り、いまではだれも往診に出向かないという。

昭年の耳にも、仲間内のわるいうわさは届いていた。

「医者に見放されたてえんで、尊宅はえれえ荒れようでやしてね。どうせ死ぬなら、ゼニを貸したやつらも道連れにするてえんで、ひでえ取立てを続けてるんでさ」

「進吉の父親も、その巻き添えを食ったということか」

玄助が大きくうなずいた。

「なんのために借りたカネだ」

昭年に問われた玄助は、失くした道具箱を新調するためだと、口惜《くや》しそうな口調で答えた。

「あいつは腕はいいんでやすが、酒がへえるとだらしねえんでさ」

普請場の建前で散々に酒を呑んだ帰り道、芳三は堀に落ちた。周りにいた者に助け上げられたものの、道具箱は堀に沈んだ。

深さが三尋《ひろ》（約五・四メートル）もある堀で、道具箱を拾い上げることはできなかった。

道具一式の新調には、一両二分のカネが入用だった。通い大工で棟梁を持たない芳三には、カネの工面のあてがなかった。

道具箱がないことには、仕事に出られない。思案に詰まった挙句、平野町の検校から座頭金《ざとうがね》を借りようとした。

無担保で融通してくれるが、五両以下の小口のカネは十日に一割の高利である。

天保四年のいまは、一両につき銭五貫文が相場だ。一両二分は銭で七貫五百文、十日ごとに七百五十文の利息を払うことになる。

途方もない利息だと分かってはいても、芳三にはほかに手立てがなかった。

腕のよさを認められている芳三は、出面《でづら》（日当）で七百文の手間賃を稼いだ。

酒を断って働けば、一両二分ぐらいはどうてえことはねえ……芳三は、高利を承知で借りようとした。

「芳三が検校からゼニを借りると漏らしたときは、周りの連中はみんな止めたんでさ」

止めはしたものの、だれも芳三に融通してやれるカネを持ってはいなかった。

検校の貸金の元は、公儀に納める上納金である。

生まれつき目の不自由な者は、生きていく術《すべ》に按摩《あんま》や音曲師《おんぎょくし》の道を選んだ。それらの座頭（盲人）を配下に従えるのが検校である。

ひとりの検校は、数十人の座頭を抱えている。尊宅は仕事の口利きをすることで、他の検校よりも多く、百人もの配下を擁していた。

尊宅は音曲（三味線・琵琶）や按摩の仕事を口利きするだけではなく、盲目ゆえの難儀を解決する手助けもした。

配下には、カネを弾んで雇い入れたごろつきを十人も抱えていた。座頭が客先で払いのことで揉めると、すぐさま目の見えるならず者が出張った。

尊宅は手助けをする代償に、座頭の稼ぎの二割を掠《かす》め取った。座頭の稼ぎは、月に均《なら》せばひとり五貫文、一両だ。百人から徴収するカネだけで、毎月二十両の大金になった。

それだけではない。

座頭が一段上の勾当《こうとう》に昇格するための、公儀への上納金二十四両が、尊宅の元に納められた。位階上昇の上納金は、公儀に納める官金だ。しかし一年に一度の納付までは、検校が自由に使える定めである。

尊宅は座頭の稼ぎからはねた二割の上前《うわまえ》と、手元に預かっている上納金とを高利で貸し付けた。おもな貸付先は、身代の確かな商家である。これらの相手には、家質《かじち》と引き換えに年利一割八分で融通した。

五両以下の小口客には、担保を取らない代わりに十日に一割の暴利で貸し付けた。百日も貸せば、元金相当の利息が入る。あとはすべてが儲《もう》けという荒っぽい貸付だ。

利息の払いが一日でも遅れたら、すぐさまごろつきを差し向けた。金目の品がなければ、当人や女房、ときにはこどもまでを人買いに売り飛ばした。

手荒な振舞いに及んでも、検校貸しの取立てである限りは、役人も文句をつけない。真っ当な暮らしを営む者は、どれほどカネに詰まったとしても、検校から融通を受けることだけはしなかった。

芳三も検校貸しの怖さは知っていた。なまじ出面七百文を稼いだがゆえに、甘く見て墓穴を掘る羽目になった。


「尊宅という検校がどこを病んでいるか、おまえは聞いたか」

玄助にではなく、昭年に問いかけた。

「いや、そこまでは聞いてない」

「おまえはどうだ」

染谷は玄助に目を移した。

「芳三は、検校の吐く息は鼻が曲がりそうなほどにくさかったと言ってやしたが」

玄助が口にしたことを聞いて、染谷と昭年が顔を見合わせた。ふたりには、尊宅の病の見当がついたようだった。

「ほかになにか、芳三は言っておらんか」

染谷に問われて、玄助は天井を見上げた。芳三から聞いたことを、思い出そうとしているようだ。

染谷と昭年は、黙って玄助を見詰めた。

「こんな話が、役に立つかどうかは分かりやせんが」

「構わん。なんでも言いなさい」

染谷は、物静かな口調で先を促した。

「親の因業《いんごう》さが子に報いたてえやすか、尊宅の娘は……やたらに毛深いんだそうで」

尊宅はカネの力で女を囲っていた。

のみならず、娘をひとり授かっていた。今年で十二歳になる娘だが、人前にはほとんど姿を見せない。

検校屋敷裏手の平屋に、母親とふたりだけで暮らしていた。人並み外れて、体毛が濃いことを恥ずかしがってのことである。

「あれは、熊の子じゃねえか」

「親の因果さ、かわいそうに」

世間の口には遠慮がない。

ひとの陰口を耳にして、娘はますます外に出ることをしなくなった。

玄助の話を聞き終えたあと、染谷は大きな息を吸い込んで目を閉じた。思案をめぐらせるときの、染谷のくせである。

昭年は余計なことを話しかけようとはせず、手酌で盃を満たした。

玄助は、皿に残った蒲焼に箸を伸ばしていた。

三

六月六日は、前日以上に朝から晴れた。

「相変わらず早いな」

生垣の前に顔を出した染谷に、昭年が朝の声をかけた。

「おまえのほうが早いだろうが」

相手が手にした手桶を見て、染谷が言い返した。昭年は手桶に水を汲み入れていた。あさがおにかける、大横川の川水である。

梅雨の谷間の晴天とはいえ、すでに六日も晴れが続いていた。昼間、陽に焦がされた地べたは、夜になっても暑さを蓄えている。

寝苦しいというほどの暑さではないが、それでも年を重ねると朝が早くなった。

早起きだと言われるのが、染谷は好きではなかった。六十という歳は、世間では充分に年配者である。

しかし染谷は、いまでも朝は治療院から永代橋東詰まで、行き帰り半里（約二キロ）の駆け足を続けている。

月に二度は柔《やわら》の道場に通い、年下の師範に稽古をつけてもらった。染谷の年齢を案じて、師範は手加減をして技を仕掛けた。

「手加減するのは、無礼だぞ」

染谷はその都度、本気で怒った。が、五尺九寸（約百七十九センチ）、目方二十貫（約七十五キロ）の師範は、われ知らず染谷には加減をしてしまうのだろう。

師範がうっかり隙を見せると、染谷はすかさず背負い投げを仕掛けた。五尺二寸（約百五十八センチ）、十四貫（約五十三キロ）の染谷が、大男の師範から一本を取ると……。

他の者は稽古の手をとめて喝采した。

それほどに、鍛えを怠らない染谷である。

同い年ではあっても、なにも身体を鍛えていない昭年に「朝が早い」と言われると、つい顔をしかめた。

「それで……おまえはやはり、平野町に出向くつもりか」

手桶の水をかけ終わったところで、昭年が染谷に近づいた。まだ朝日は届いていないが、あたりは充分に明るくなっている。

水を浴びたあさがおは、紫色の花を幾つも開いていた。

「今日は八ツ（午後二時）すぎまでは、患者がこない。出かけるには好都合だ」

「あいにくわしは、朝から日本橋への往診を控えている。付き合えなくて、すまんの」

「気にするな」

染谷の返事には、気負いがない。朝が早いと言われて顔をしかめたことは、すっかり忘れていた。

「それより昭年、特効薬の調合を抜からんでくれ」

「そうだ、そのことだ」

手桶を左手に提げたまま、昭年は右手でおのれのひたいを打った。

「起きたときから、なにかひとつ、忘れ物がある気がしてならなんだが……おまえに言われたことだった」

すぐさま薬草を煎じて、飲み薬を拵えると請合った。

「一服でたちどころに効き目があらわれるように、念入りに濃く煎じる。およそ一刻（二時間）もあれば、仕上がるじゃろう」

効き目は凄いが、苦さに飛び上がるだろうと言って、昭年が目元をゆるめた。あたかも、いたずらを仕掛けるこどものような目つきである。

染谷の顔にも笑みが浮かんだ。が、昭年とは異なる笑い方だった。

「いい歳をして、ようやるのう」

むっと頬を膨らませた昭年を残して、染谷は大横川沿いの道を駆け出した。

次第に昇りつつある朝日が、染谷の行く手を明るく照らし出していた。染谷のわきを、飼い犬のクロが伴走していた。柴犬だが、成犬になったいまでも、鼻の周りが黒い。

調子の整った駆け足の染谷は、見る間に黒船橋のたもとを走り抜けて行く。クロが走り方を速めていた。

四

染谷が平野町の検校屋敷門前に立ったのは、六月六日の四ツ（午前十時）前である。

茶色の土塀で囲まれた、敷地四百坪を超える屋敷だ。周りは寺と墓地ばかりで、裏店も商家も見当たらなかった。

検校屋敷は、さほどに大きな建物ではない。しかし眺めが殺風景なだけに、茶色の土塀は周りから浮き上がっていた。塀の明るい色味が、屋敷を大きく見せていた。

高さ六尺（約百八十二センチ）の塀には、屋根が拵えられていた。板葺きではなく、本瓦が敷き詰められた本寸法の屋根である。

塀に用いた瓦代だけで、長屋の板葺き屋根なら五棟の葺き替えができそうだった。

門は、分厚い樫板《かしいた》でできている。

門前には、痩せてあばら骨が浮き出た一匹の犬が寝転んでいた。

門の前の痩犬《やせいぬ》というが、あのたとえはまことだったか……。

染谷は胸のうちに苦笑いを浮かべた。

『痩せて弱そうな犬でも、門の後ろ盾があれば強い』というたとえである。染谷が近寄ると、犬は億劫《おっくう》そうに起き上がって低く唸った。

が、ろくに餌を与えられていないのか、唸りに凄みはなかった。

染谷はおのれが発する気配を鎮めて、犬に近寄った。犬は分厚い門扉《もんぴ》のほうへ後ずさりしつつも、まだ唸っている。

染谷は右手を差し出した。犬は戸惑いつつも唸り声を消して、染谷に寄ってきた。

クロを飼っている染谷には、柴犬のにおいがついている。仲間のにおいをかいだ犬は、染谷への警戒心を解いたようだ。

ぺろりと出した舌で、染谷の手のひらを舐めた。犬のあたまを撫でてから、染谷は潜《くぐ》り戸の上部に垂らされている綱を引いた。

検校屋敷に暮らす者の多くは、盲人である。綱は来客を知らせる引き紐《ひも》だった。

染谷の耳には聞こえなかったが、屋敷の奥で鳴った鈴の音が、犬には聞こえたらしい。染谷の足元に座ったまま、耳をピクッと動かした。

綱を引いてからしばらく経ったころに、潜り戸が内側に開かれた。顔を出したのは、唐桟《とうざん》の胸元を崩して着ている、渡世人風体の男だった。

雪駄《せった》履きで、肌にはさらしを巻いていた。

「紐をひいたのはおめえさんかい」

男は両肩をそびやかすようにして、近寄ってきた。背丈は染谷と同じぐらいだが、身体つきは小太りである。目つきにも振舞いにも、隙はなかった。

男が寄ってくると、犬は染谷の背後に回った。

「てめえはとことん、役に立たねえ犬だぜ。見かけねえやろうに吠えもせずに、なついてどうしようてえんだ」

言うなり、男は染谷の背後に回って犬に蹴りを食わせようとした。わずかに横に動いた染谷は、左足で男の右足を払った。

犬を蹴ろうとした男が、地べたに尻餅をついた。

「なにをしやがんでえ」

素早く立ち上がった男は、染谷に詰め寄った。目が怒りに燃え立っている。

「わしは、なにもしておらん。あんたの蹴りが、外れただけじゃろう」

「ふざけんじゃねえ」

男が怒鳴った。その怒鳴り声に向かって、痩せた犬が吠えた。男は腰を落として身構えた。吠えるだけで男に嚙みつこうとしないのは、餌をくれることがあるからだろう。

男が犬と染谷とを等分に睨《にら》んでいるとき、潜り戸から別の男が出てきた。身なりも履物も同じだが、上背は五尺八寸（約百七十六センチ）はあった。

痩身で眉が薄い男である。痩せてはいても、脂性らしい。陽を浴びたひたいは、光って見えた。

「なんの騒ぎだ」

男のひと声で、犬は吠えるのをやめた。尾が下を向いていた。

「紐を引いたのは、このじじいらしいんでやすが、犬とつるんで、おれをコケにしやがったんでさ」

犬を蹴ろうとした男が息巻いた。

「コケにされるおめえがだらしねえ」

瘦身の男があごをしゃくった。

小太りの男は、染谷を睨みつけてから立ち去った。

「なにか用があるのかい」

「ある」

染谷は落ち着いた物言いで応じた。

「黒船橋の鍼灸師で、染谷と申す者だ。尊宅さんに用があって出向いてきた」

「おれは屋敷の護《まも》りを預かる卯之吉《うのきち》だが、あんたのことは聞いてねえ」

卯之吉と染谷とでは、上背に六寸（約十八センチ）の開きがある。卯之吉は立った場所を動かず、染谷を見下ろした。

「あんたの雇い主の命を助けにきた」

染谷は静かな語調のままで言い切った。

「わしのおとないを伝えれば、尊宅さんはこの先、くさい息を吐かずにすむようになる。あんたも、そのほうがいいだろう」

「てえした物言いだが、うちの旦那はもう医者はいらねえって言ってるぜ」

卯之吉には、取り次ぐ気はまるでなさそうだった。

「これをあんたの口で、尊宅さんに読んでやれ。さすれば、わしに会いたいというに決まっておる」

染谷は提げてきた布袋から、二つ折りにした一枚の半紙を取り出した。

二つ折りのままで、卯之吉に差し出した。

染谷から目を離さぬまま、卯之吉は半紙を受け取った。

「この場で読んでも構わんぞ」

卯之吉は半紙を開き、書かれていることに目を走らせた。

『舌がべとべとしている程度であれば、まだ助かる見込みはある。緑だの黒だののカビがはえているならば、もはや助かる見込みは薄い。されども治療の手立てはある』

読みやすい大きな文字が、半紙いっぱいに書かれていた。目を走らせているうちに、卯之吉の顔色が変わった。

「うちの旦那を診たこともねえのに、なんでこんなことが分かるんだ」

卯之吉の物言いから、横柄な調子が失《う》せていた。

「あんたの顔色を見る限り、尊宅さんはよくはなさそうだの」

卯之吉の目を見詰めて、染谷は見当を口にした。

「旦那にそう言ってくる」

この場を動かずに待ってろと言い残して、卯之吉は屋敷のなかに戻った。気は急《せ》いているのだろうが、駆けたりはしない。

護りを預かる男だけのことはあるの……。

ひとりごとをつぶやいてから、染谷は犬のあたまを撫でた。クロと同じような、甘えた声を犬が漏らした。

五

「相当にひどいが、幸いなことにまだ手遅れではない」

尊宅を念入りに診たあとで、染谷は所見を伝えた。

「手遅れではないと……先生は、そう言われるのですか」

三十八歳の尊宅は、ていねいな物言いで問い返した。

病が治らず、死ぬしかないと思い込んだ尊宅は、貸付先を道連れにしようとして大荒れだ……

玄助からは、こう聞かされていた。

ところが問診と触診を続けるうちに、尊宅の物言いはまことにていねいになった。

とても、ひとを巻き添えにしようとしている男には見えなかった。

「さようだ」

染谷は目の見えぬ相手を、しっかりと見据えた。

「わしの治療と、持参いたした特効薬とを併せれば、そなたにはまだ寿命がある」

土気色だった尊宅の顔に、わずかながら朱がさした。座っていても、六尺の大男であるのは分かる。

その男が、見栄《みえ》を忘れて気持ちを弾ませていた。

たのだ。


「ぜひにも治療をお願いします」

あぐらをかいたままの尊宅が、上体を折って頼みを口にした。

「これまでわたしを診た医者は、だれひとりとして胃ノ腑の腫《は》れには言い及びませんでした」

尊宅は初対面の染谷に対して、驚くほどに素直だった。それほどに、染谷の診立ては的確だっ

染谷は最初に、尊宅の舌を診た。

白くて、豆乳のような粘り気のあるコケが舌全体にはえていた。染谷は卯之吉をわきに呼び寄せた。

「この白いコケが、黄色く変わったりしたことはないか」

問われた卯之吉は、天井を見上げて考え込んだ。が、思い当たる節はなかったようだ。

「いつも白いままだったと思いやす」

卯之吉の物言いが変わっていた。

触診と問診を受けている間、尊宅の物言いと振舞いは、明らかに染谷を敬っていた。それが卯之吉にも伝わっていた。

答えを聞いた染谷は、尊宅の着衣を脱がせてうつぶせに寝かせた。そして背中の何ヵ所かを親指で押した。

胃ノ腑の真裏を押したとき、尊宅は呻《うめ》き声を漏らした。

「わたしが抱える座頭のだれよりも、先生の指圧が効いている」

尊宅は、真っ正直な思いを言葉にした。

「これは指圧ではない。そなたの患部を確かめているだけだ」

「分かってはいますが……」

尊宅は、言葉の途中で何度も声を漏らした。つらそうな呻き声のなかには、痛いながらも心地よいという感じが強く含まれていた。

「先生に診ていただいて、あらためて他の医者のひどさが分かりました」

尊宅を診た医者は五人いた。

「昨夜の豆腐にあたったようですな」

「うなぎと貝との、食べ合わせがよろしくなかったのでござろう」

尊宅に問診を重ねたあと、四人の医者は食べ物のせいにした。尊宅は激怒して、ことごとく追い返した。

配下の座頭のなかには、八卦見《はっけみ》（易者）を生業《なりわい》とする者もいた。もっともらしく算木を動かし筮竹《ぜいちく》を数えたりしながらも、座頭には見えないのだ。

動きは、客に対する目くらましである。相手に投げかけた問いへの答えを元にして、易断らしきものを口にした。

尊宅を診立てた四人の医者は、座頭の八卦見の手口と同じに思えた。それゆえに怒りくるって、医者を追い返した。

残るひとりの医者は、尊宅のあたまのなかにわるい虫が棲みついていると診断した。

「その虫が、そなたの血の管を走り回ってわるさをする。吐く息がくさいのは、その虫がたれた屁のにおいでござる」

わきにいた卯之吉は、医者の診立てを聞いて噴き出した。

「なにがおかしいのかの」

医者は声を尖らせた。

「旦那とおんなじように、口のくさいやつは何人もいるが、そいつらはみんな、あたまのなかに虫が棲みついていて、血の管のなかで屁をたれてるてえことかい」

「いかにも」

医者は一歩も譲らなかった。呆れ果てた卯之吉は、医者に尻を向けて一発を放った。

「おれの虫はあたまのなかじゃなしに、ケツのなかに棲みついてやがるぜ」

尊宅の指図を受ける前に、その医者は卯之吉が叩き出した。


「そなたの治療を始めるにおいては、わしのほうに言い分がある」

染谷の口調が変わった。

同席している卯之吉が目つきを鋭くしたほどに、染谷の語調は厳しかった。

「先生の言い分を聞かせてください」

尊宅は見えない目を染谷に向けた。

「そなたが小口で貸し付けている、座頭金のことだが」

「なんでしょう」

応ずる尊宅の口調も変わった。敬いの色が失せて、冷ややかな物言いになっていた。

「利息が高いか安いかは、わしが口出しをすることではない。十日ごとに一割だと分かっていても、そなたを頼らざるを得ない者は少なくないだろう」

染谷が切り出したのは、利息を下げろということではなかった。取立てをゆるくしてもらいたいというのが、染谷の言い分だった。

「そなたは寿命の先がないと思い込んで、死ぬときにはカネを貸した相手も道連れにすると、そう言ってはばからぬそうだの」

「その通りです。ひとりで死ぬのはごめんですから」

「ならば、わしがそなたの寿命を延ばしたら、取立てをゆるくするか」

尊宅は、すぐには答えなかった。何度も深い息を吸い込んでから、閉じたまぶたを染谷に向けた。

「カネを借りてもいない先生が、なぜそんなことを言うのですか」

そのわけに得心がいけば、考えてもいいと尊宅は答えた。

「きつい取立ては、わたしの稼業のいわば看板です」

尊宅が口にしたことに、染谷の後ろに座った卯之吉が大きくうなずいた。

「借りたカネを約束通りに返さなければどうなるか、その怖さを見せつけることで、借りた者は返す気になります」

その大事な看板をおろしたりすれば、無担保の金貸しは成り立たなくなる。先生の治療は受けたいが、取立てを甘くするのが条件だとすれば、ふたつ返事はできない……。

言い切る尊宅の顔には、迷いの色は見えなかった。

「なぜそんなことを言い出したのか、わけを聞かせてください」

冷ややかな口調だが、言葉遣いはていねいである。染谷も大きな息をひとつ吸い込んだ。

「あんたには長生きをしてもらって、人助けを続けてもらいたいからだ」

尊宅への呼びかけが、そなたからあんたへと変わっていた。

「人助け……ですと？　……高利貸しのわたしがですか？」

「さようだ」

染谷はおのれの考えを一気に話し始めた。

十日に一割の利息は、途方もない暴利だ。真っ当な者は手を出したりはしないだろう。

しかし、どれほど高利だと分かっていても、カネに詰まった者には、貸してくれる検校は福の神に見えるだろう。あとで血反吐《ちへど》を吐くと分かってはいても、そのカネで当座の苦境を乗り越えられるからだ。

金策に詰まった者には、尋常な考えは通じない。どうあろうとも、その場の金策が一番の大事であるからだ。

進吉の父親、芳三も同じだっただろう。

出面七百文を稼いでいれば、十日ごとに七百五十文の利息でも払えると思い込んだ。そう思ったがゆえに、高利のカネに手を出した。

小口のカネを尊宅から借りている者は、だれもが芳三と同じように、深い事情を抱えているだろう。

もしも尊宅が、小口貸しをやめたとしたら。

金策の道を閉ざされた者は、夜逃げをするか、身投げをするほかはなくなる。

高利はだめだといさめる者は、カネを貸してくれるわけではない。玄助たちは芳三をいさめつつも、入用なカネの用立てはできなかった。

たとえ暴利ではあっても、尊宅のカネで息をついた者は多くいるはずだ。利息をまけなくても、せめて取立てをゆるくして、ひとの息の根をとめることだけはしないでほしい。

途方もない暴利ではあっても、人助けになっているのは間違いない。

染谷は、このことを尊宅に話した。

「先生は、ずるいひとだ」

聞き終わったあとで、尊宅は大きなため息をついた。

「十日で一割の途方もなく高い利息が、人助けになるわけがない。そんなことは先刻承知のうえで、わたしに話をしたんでしょう」

尊宅の口調には、再び染谷への敬いが戻っていた。

「もはや寿命はないと感じたとき、カネなどなんの役にも立たないと思い知りました。先生がわたしの寿命を延ばしてくれるなら、小口のカネも年に一割八分の利息で貸します」

それでも儲けは充分に出せる。尊宅の物言いに、淀みはなかった。

「ただし、表向きは十日に一割のこわもてを続けます。さきほども言いましたが、相手に舐められたら、わたしの稼業は成り立ちませんから」

先生の治療と薬とに効き目があると思えたら、その日から利息を下げますと尊宅が請合った。

「どうだ、卯之吉」

問われた卯之吉は、相手を見下したような笑いを浮かべて尊宅を見た。

「おまえがいま浮かべている薄ら笑いは、わたしが甘いと、胸のうちで見下しているからだろう」

図星をさされて、卯之吉の顔から笑いが引っ込んだ。

「おまえたちの給金は、いままで通りに払う。それで文句はあるまい」

「尊宅さん……あんた、ほんとうは目がめえてるんじゃねえか」

卯之吉の声が上ずっている。

ものには動じない染谷が、ふたりのやり取りには目を見開いていた。

六

「進吉」

染谷に名指しをされて、進吉がはっとして顔を上げた。

「どうした、寝足りておらんのか」

最年長の進吉は、座敷の一番後ろに座っている。稽古場のこどもたち全員が、振り返って進吉を見た。

「前に出てきなさい」

染谷に呼ばれて、進吉が立ち上がった。座り方がわるかったのか、足にしびれが生じている。よろけると、こどもたちから笑い声が上がった。

進吉のさまを笑っているわけではない。久しぶりに顔が見られたことが嬉しいのだ。

前に呼び出した進吉を、染谷は腰掛に座らせた。

「みんな、進吉の顔をよく見ていなさい」

染谷は進吉の鼻のてっぺんに人差し指を置き、その指を真っ直ぐにひたいの生え際へと動かした。

「ここから指を一本奥に入れる」

こどもたちが、進吉のそばに集まっている。背の低いこどもは、立ち上がって染谷の指先を見詰めた。

「さらに指をもう一本、奥に入れたここが、進吉の眠気を吹き飛ばす、寝覚《ねざ》めの床《とこ》だ」

こどもたちにツボを示してから、染谷は小さなもぐさを載せた。線香で火をつけると、もぐさはあっという間に燃え尽きた。

進吉の目が大きく見開かれた。

「すげえや、先生……いままで眠かったのが、嘘みてえだ」

「それはなによりだ」

染谷は進吉を元の座に戻した。こどもたちも、それぞれの席に戻った。

六月八日、四ツ半（午前十一時）。今日も朝から、気持ちよく晴れ上がっている。稽古場の窓からは、強い日差しが差し込んでいた。

今朝方早く、卯之吉がたずねてきた。

「旦那の息から、いやなにおいが薄くなりやした」

尊宅は、今日から利息を大きく下げるという。

「芳三の貸金はすべてを帳消しにすると、旦那がそう言っておりやした」

これからも治療を続けてくだせえと言ったあとで、卯之吉があたまを下げた。軽い下げ方だったが、渡世人が下げたあたまである。

染谷はしっかりと受け止めた。

尊宅を治したあとは、娘を診なければいかんのう……。

毛深い子の治療をどうするか。

窓から差し込む日差しを浴びつつ、染谷はツボをあれこれと思い巡らせた。

窓の下で横になっていたクロが、染谷の気配を察してゆっくりと立ち上がった。

梅雨《つゆ》寒《ざむ》ごたつ

一

天保四（一八三三）年、江戸の梅雨は雨よりも寒さがひどかった。六月九日の朝から、大降りではないものの、休みなく降る雨が始まった。

普請場で職人たちが仕事を始めるのは、五ツ（午前八時）である。染谷の治療院近くの空き地には、建坪三十坪ほどの平屋が普請されていた。

雨をいとわず五ツから仕事を始めた職人たちだったが、肌寒さに愚痴がこぼれ出た。

「なんでえ、この寒さは」

「見ねえ、これを」

普請場の大工が、ふうっと大きな息を吐き出した。

「六月だてえのに、吐く息が白く濁ってやがるぜ」

「幾らなんでも、そいつは大げさだろう」

「そんなことはねえって」

左官に向かって、大工がむきになって息を吐いた。ぼんやりとだが、息は白い湯気を拵《こしら》えた。

驚いた左官が目を見開いた。

「梅雨がこんな調子だと今年もまた、米はひでえ出来になりそうだぜ」

「縁起でもねえことを言うんじゃねえやね」

棟上《むねあげ》の終わった普請場の隅には、六月だというのに火鉢が出ている。鏝《こて》をわきにおいて炭火に両手をかざした左官が、大工に口を尖らせた。

「そうでなくても、米が値上がりしてやり繰りがきついと、今朝も女房にこぼされたばかりだ」

「ちげえねえ。うちのカカアも、おんなじことを言ってたよ」

大工がぺろりと舌を出して、首をすくめた。その首筋に、普請途中の軒から雨粒が落ちた。

去年は七月、八月と続けて陽の照り方が弱く、関八州《かんはっしゅう》はどこも米が不作に終わった。とりわけ稲が実を結ぶのに大事な時期の八月は、十九日で夏が終わったも同然となった。

二十日から曇りと雨の日が始まり、九月下旬まで、ほぼひと月近くもほとんど陽のささない日が続いた。

江戸周辺の米どころ、房州・相州・上州のいずれも、実を結ぶ前に立ち枯れする稲が続出した。

「いったい、なにが起きてるだか、わけが分かんね」

天保三年九月下旬の、曇りの日。房州の農夫のひとりが、曇り空を恨めしげな顔で見上げた。

「わけは、はっきりしてるべさ」

実を結ばない稲を手にしたもうひとりが、こわばった顔を相手に向けた。

「どんなわけだね」

「でけえ声では言えねえけんど」

稲を手にした農夫は、周囲を見回してから声をひそめた。

「江戸で獄門さらしになった、鼠小僧次郎吉《ねずみこぞうじろきち》のたたりに決まってるだ」

「ばか言うでね。ひとのたたりで、空が曇ったりするわけはねえべさ」

「いんや、ほんとのことだって。鼠小僧が市中引き回しにあったのは、八月十九日だべ」

「おらは知らね。おめ、なんで知ってるだ」

「江戸から米さ買い付けにきた、問屋の手代がそう言ってた。後ろ手に縛られた鼠小僧は、日本橋から鈴ケ森ちゅうとこまで引き回されたそうだ」

鈴ケ森は、房州の農夫でも知っている江戸の刑場だ。半身で話を聞いていた男が、真顔になった。

「そこで鼠小僧は打ち首ではなしに、はりつけになったんだと」

「それはひでえ。鼠小僧は、ゼニを盗んだだけで、ひとを殺したことはねえべさ」

「その通りだ。だからさっきから、たたりだと言ってるでねえか」

大名屋敷と、武家と結託してあこぎな金儲けをした商人の豪邸に限って、鼠小僧次郎吉は盗みを働いた。被害にあった武家も商人も、ほとんど公儀には被害届を出さなかった。

大名は、体面をおもんぱかってのことだ。

大名屋敷の警固を厳重にし過ぎると、公儀から『謀反《むほん》の恐れあり』として、あらぬ疑いをかけられてしまう。それを大名は嫌い、護りはほどほどにした。

が、大名は一万石程度の小藩といえども、上屋敷の敷地は三、四千坪もある。警固の手薄な場所に狙いを定めて鼠小僧は盗みに忍び込んだ。

どこの大名屋敷にも、鼠小僧はひとりで侵入した。

「あの藩はただひとりの賊すら、取り押さえることもできぬのか」

訴え出れば、恥の上塗りになる。ゆえに被害に遭った大名の多くが口を閉ざした。

商人は、詮議の厳しさがいやで、やはり奉行所に届けを出さなかった。

十両を超えるカネを盗めば『死罪』。

これが公儀の定めである。死罪がかかっているゆえに、奉行所は被害届を出した者に事情聴取を重ねた。

呼び出しを受けるたびに、本来は被害者であるはずの商家が、町の五人組組頭《くみがしら》を伴って出頭する。朝から呼び出されていながら、昼を過ぎて事情聴取が始まるのもめずらしくはない。

五人組組頭には日当代わりの謝礼、昼飯代を商家は負担した。奉公人で用がすまないときは、あるじ当人が出向くことになる。

「これではまるで、訴え出たこちらが罪人のようじゃないか」

手間がかかり、出費がかさむことに、商家は音を上げた。

「うっかり奉行所に訴えたりしたら、カネを盗まれたうえに、さらにひどい目に遭う」

呼び出しを受ける商家をわきから見ていた他の商人たちは、よほどのことがない限り被害届を出さなかった。

武家も商人も、鼠小僧に忍び込まれたことを黙っていた。被害届が出ていなければ、捕らえることもできない。

「仲間とつるんで、押し込むわけじゃねえ。ひとりっきりで、えらそうにしている武家だの、ゼニに汚ねえ悪徳商人だのを、きりきり舞いさせているてえんだ」

「それだけじゃねえ。貧しい者に、盗んだカネを配っているそうだぜ」

こんなうわさが広まり、庶民はひそかに鼠小僧に喝采した。

捕らえられたあとは、市中引き回しのうえで『はりつけ・串刺し』に処せられた。放火や殺人など、重罪を犯した罪人への処刑を適用したのは、武家の意趣返しだと言われた。

めぐりあわせのいたずらで、処刑された翌日から天気がわるくなった。分厚い雲が江戸の空にかぶさり、晩夏がいきなり寒くなった。

雨が幾日も続いたりした。

「鼠小僧の恨みだ」

ひとは陰でささやきを交わした。冷夏は米の凶作を呼び、米が暴騰した。それまで一升六十文で買えた米が、秋の終わりには九十文にまで跳ね上がった。五割の値上げである。

新年明けには他所《よそ》からの米が届き、値は下がった。が、天保四年になっても、一升七十文から八十文の間を上下していた。


「今年もまた、寒い夏のままてえのは勘弁してもらいてえやね」

大工も手をとめて、火鉢のわきにしゃがみ込んだ。

「いまの江戸でふところが潤ってるのは、米屋ばかりだぜ」

「そのことだがよう」

左官が、わけ知り顔を拵えた。

「この家の、ほんとうの施主がだれだか知ってるかい」

「なんでえ、ほんとうの施主とは。佐賀町の吉葉屋のご隠居が住む寮（別邸）だろうに」

佐賀町の吉葉屋は、廻漕《かいそう》問屋の老舗《しにせ》である。先日の上棟《じょうとう》式には、吉葉屋の手代が出向いてきて、職人たちに祝儀を配った。

「それは表向きの話だ」

左官が言い切った。

「普請のカネは、日本橋のある米屋から出ているらしい」

言ったあとで、左官は背中をぶるるっと震わせた。

「めえったぜ、身体に寒気が走ってらあ」

「徳さん、それは風邪のひき始めだろう。道理で、目が赤いやね」

おれにうつさねえでくれと言って、大工は火鉢から離れた。左官の徳助は、炭火に手をかざしたまま、大きなくしゃみをした。火鉢の灰が舞い上がった。

「間違いねえ。そいつあ、風邪だ」

徳助から離れた場所で、大工が顔をしかめた。雨は小止みなく降っている。

「すぐそこの大横川の川っぺりに、医者の昭年先生がいるからよう。薬をもらってきたほうがいいぜ」

黒江町の裏店《うらだな》に暮らす大工は、この界隈《かいわい》には詳しい。カンナを持ったまま、昭年と染谷の治療院の方角を指し示した。

「昭年先生の薬はよく効くってえ評判だし、染谷先生なら鍼《はり》一本で風邪を退治してくれるからよう。棟梁に断わって、ひどくなる前に行ったほうがいいぜ」

左官が風邪で寝込んだりすると、普請の仕上がりが遅れてしまう。それでなくても曇りだの雨だのが続き、普請がはかどっていないのだ。さらに棟梁の機嫌がわるくなるのを案じた大工は、左官に早く治療を受けろとせっついた。

「行ったことのねえ医者に、身体を触られるのはまっぴらだぜ」

徳助の宿は、海辺大工町で小名木川のそばだ。町が大きく離れており、昭年とも染谷ともなじみはなかった。

「でえいち、医者んところに向かっている患者なんざ、ひとりもいねえじゃねえか」

火鉢のわきから立ち上がった徳助は、目を凝らして昭年の診療所を見た。

「まったく徳さんは、どこに目をつけてやがんでえ。いまだって、いい女が向かってるじゃねえか」

大工が声を張り上げた。こげ茶色の羽織を着た若い女が、蛇《じゃ》の目《め》をさして川沿いの道を歩いていた。

「あの女は、きっと昭年先生か染谷先生の宿にへえるぜ」

大工の見立てた通り、女は染谷の治療院に入った。

「いい女じゃねえか。あすこが昭年先生の宿かよ」

「いや、隣の染谷先生のところだ」

「あの女と一緒なら、診てもらってもいいなあ」

言いながら徳助は、またもや大きなくしゃみをした。

「おれが棟梁にそう言っとくから、いまの間に行って、鍼を一本打ってもらいなよ」

「なんでえ、染谷先生てえのは鍼か」

徳助の顔つきが変わった。

「鍼は苦手だ、おれはよしにしとくぜ」

徳助は、火鉢のそばにもう一度しゃがんだ。大工は大きな舌打ちをしてから、カンナで檜《ひのき》の板を削り始めた。

徳助がくしゃみを連発したが、大工はもう取り合おうとはしなかった。

二

染谷の娘いまりが鍼の治療院に顔を出したのは、六月十三日の五ツ半（午前九時）過ぎだった。

朝からの雨で、患者は外に出るのが億劫らしい。少々の不具合なら、医者や鍼灸医をおとずれるのをやめにして、自宅でじっと養生をしているのだろう。

昭年が染谷の宿をおとずれて、ふたりはこたつに入っていた。

「どうしたのよ、昭年先生まで」

居間に入ってくるなり、いまりは呆れたというような声を出した。

「おとっつあんはお正月のこたつを、ずっと出しっ放しにしていたの」

「そんなわけがあるはずはないだろう。おまえは帰ってこないから、知らないだけだ」

染谷は、背中を丸めたままで娘に答えた。

「こたつは、わしが出せと染谷に言ったんだ。寒がりのこの男が、やせ我慢をしているのを見かねたからの」

「なにをえらそうに」

染谷がめずらしく口を尖らせた。

「寒い寒いを連発していたのは、おまえだろうが」

幼馴染《おさななじみ》に対しては、余所《よそ》行きの顔は無用なのだ。いまりは、また始まったという顔で還暦を過ぎた男ふたりを見比べていた。

染谷と昭年は、ともに今年で還暦を迎えた同い年である。生まれ月は昭年が一月、染谷が二月。まる一ヵ月、昭年が早かった。

寛政二（一七九〇）年四月。十七歳の春、ふたりはともに医術の道に進んだ。医者になる前の本名は、昭年は市太郎《いちたろう》、染谷は新之助《しんのすけ》である。

新之助は平野町の鍼灸師に弟子入りし、市太郎は高橋《たかばし》の漢方医岡田玄徳の門下生となった。こども時分から、ふたりとも医者になって人助けをすることを語り合っていた。その夢を実らせる道を、互いに歩み始めた。

新之助は生まれつき手先が器用で、しかも物事を工夫する知恵に恵まれていた。

「おまえのお灸は、もぐさが小さくて楽なのに、よく効くよ」

みずからが試し台を買って出た母親は、息子の灸が上達するたびに目を細めた。父親も新之助の天性の勘のよさを認め、叱咤《しった》と励ましを使い分けて、修業の力添えをした。

寛政七年五月、二十二歳になった新之助は鍼灸四免許のうち、ふたつを修得できた。

「これで安心して旅に出ることができる」

息子が鍼灸の腕を磨いていることを喜びつつ、新之助の両親は夫婦だけで久能山《くのうざん》参りに出かけた。その帰途、焼津湊《やいづみなと》から下田まで乗船した乗合船が西伊豆沖で難破した。

「おまえも、わたしの息子だ」

肉親を失った新之助を、市太郎の父親は正面から支えた。一人前の鍼灸師になることが両親への供養だと考えて、新之助は失意を押し隠して修業に打ち込んだ。

寛政九年三月。ふたりはそれぞれの師から『免許皆伝』を認められた。そして市太郎は『昭年』、新之助は『染谷』の医師名を師から授かった。

「これからは、生涯をかけて深川のひとの役に立ちなさい」

木場で材木商を営んでいた昭年の父親は、診療所を兼ねた建物を若いふたりに普請した。

『高名を求めず、医は仁術と心得よ』

師の教えを胸に深く刻み、昭年と染谷はいまの地で軒を並べて診療・治療を始めた。

「やまいを診るまえに、ひとを診ろ」

これが昭年の父親の口ぐせだった。木場で手広く材木商をなしている男ならではの、養生訓・人生訓である。

「堅いだけでは、患者は診られない」と、昭年の父親は若いふたりを洲崎に連れて行った。父親が考えた以上に、ふたりには効果があらわれた。

昭年と染谷が初めて洲崎に連れて行かれたのは、寛政九年。それから七年が過ぎた文化元（一八〇四）年五月に、昭年は弥助《やすけ》を、染谷は太郎を娶《めと》った。

弥助、太郎ともに、洲崎の料亭座敷に出ていた辰巳芸者である。羽織を着て、男名前の源氏名を名乗るのが辰巳芸者の作法だ。

料亭遊びを続けながらも、師の教え『医は仁術』を実践するふたりに、弥助と太郎は心底から惚れた。カネにも力にも媚《こ》びない辰巳芸者の気風《きっぷ》と、ふたりの医師の生き方とが響きあったのだ。

医者の女房となるなり、弥助も太郎も裏方に徹して診療・治療の手助けを始めた。芸者として座敷に出ていたなかで、さまざまな客と出会ってきている。ひとの目利きにおいては、亭主よりも女房のほうが格段に上だ。

医術は亭主が、患者のあしらいは女房が受け持った。

「あすこに行けば、やまいは治る」

「ゼニがなくても、あるとき払いで診てくれるてえんだ」

門前仲町の住民は昭年と染谷を敬い、深川の方々で自慢をした。軒を並べた二軒の医院には、患者が群れをなして押し寄せてきた。

染谷と太郎は、長男勘四郎と、長女いまりを授かった。

昭年と弥助の間には、長女さよりと、長男重太郎《じゅうたろう》のふたりが生まれた。

勘四郎とさよりは祝言の翌年の文化二年に、いまりと重太郎はその二年後の文化四年にそれぞれ誕生した。

昭年と染谷は、還暦を迎えるまでの道のりを、軌を一にしたような歩調で歩んできた。

同じ年に医師の免許皆伝を果たし、同じ年に祝言を挙げ、そして同じ年にふたりのこどもを授かった。

四人のこどもたちも、あたかも兄弟姉妹のごとくに仲良く育った。しかし、生きる道はそれぞれが大きく異なった。

勘四郎と重太郎は、父親と同じ医術を志した。しかし開業はせず、ふたりとも別個の師の下でいまだに修業を続けている。

昭年の長女さよりは、十八の春に本所の呉服屋に嫁いだ。夫婦仲はすこぶるよく、こどももふたり授かった。

いまりは母親と同じ辰巳芸者の道を歩んでいる。源氏名は権助《ごんすけ》で、今年で二十七歳。芸者としても女としても、すでに『円熟したあねさん』と呼ばれる歳だ。

母親に似て眉は細くて黒く、瞳は大きくて潤んでいる。いまりが舞うと、客は盃を膳に戻して見入ると、どこの料亭でも評判である。

「さすがは母娘で、太郎と権助を名乗るだけのことはある」

辰巳芸者の『太郎』と『権助』は、ともに最上位の源氏名だ。母と娘が二代にわたってこの名を名乗るのは、かつて一度もなかったことである。

権助を名乗るいまりは、一向に嫁入りする気配がない。

「ぜひともうちの嫁に」

検番にはいまりが二十七歳となったいまでも、縁談が持ち込まれている。が、いまりはまるで気を動かさない。

検番と染谷の治療院とは、半里（約二キロ）も離れていない。それなのに、いまりが実家に帰ってくるのは、一年に数えるほどだ。

染谷も母親も、娘に嫁げとうるさく言うわけではなかった。が、口にしなくても、親の思いは娘に伝わるものだ。

芸者が心底から好きないまりは、権助の名に誇りを持っている。まだしばらくは、旦那に落籍《ひか》されるとか、どこかに嫁ぐなどは思案の埒外《らちがい》だった。

それゆえに、わずか半里の隔たりしかない実家に顔を出すことをしなかった。


「いまりちゃんは、なにかわけがあって帰ってきたんだろう」

二十七歳になったいまりを、昭年はいまでも、ちゃんづけで呼んだ。

「そうなんです」

水を向けられて、話しやすくなったらしい。いまりの肩から力が抜けた。

「いま検番で、風邪がひどくはやっているんです。おとっつあんと昭年先生に往診してもらえないかって、うちの女将《おかみ》から頼まれたものですから」

「風邪をひいているのは、若い妓《こ》か」

昭年が、名医とも思えぬ下世話な問い方をした。

「若いこも、おねえさんも、歳にかかわりなくひいています」

答えたいまりが、二度続けて咳をした。昭年と染谷が、同時にいまりを見た。

「おまえ、目が赤いじゃないか」

鍼一本で治してやると言って、染谷はこたつから身体を出した。

「あたし、鍼が苦手だから……」

昭年の薬がいいと、いまりがきまりわるそうな目で父親を見た。昭年が相好《そうごう》を崩した。

染谷の苦い顔を見て、昭年は咳払いをしてから顔つきを元に戻した。

三

染谷と昭年が宿を出ようとしたのは、いまりから頼みごとをされた四半刻（三十分）後のことである。

昭年は、桐材で拵えた薬簞笥《くすりだんす》を用意した。小さな引き出しが六段もついている、高さ一尺（約三十センチ）の簞笥だ。

「雨降りには、いささか業腹ではあるが、これが役に立ってくれる」

背負子《しょいこ》を指して、昭年がつぶやいた。

弟子も見習い小僧もいない昭年は、開業以来、おのれが薬簞笥を抱えて往診に出た。若い時分は片手に提げて、一里（約四キロ）の道でも苦にせずに歩いた。

不惑の年（四十歳）に昭年は、開業以来使い慣れていた樫材《かしざい》の簞笥を、一段軽い桜材に作り替えた。十年を過ぎたとき、桜材が桐に変わった。

還暦を迎えた、今年の元日。年賀のあいさつに、さよりと重太郎が実家に顔を出した。

「これからも、お達者で」

長女と長男はカネを出し合い、赤紐《あかひも》仕上げの背負子を還暦祝いに拵えていた。

「きれいな背負子だこと」

母親は仕上がりのよさを誉めた。昭年は渋い顔でかわやに立ったが、廊下に出るなり目尻が下がっていた。

以来、桐の薬箪笥を結わえつけた背負子を背負うのが、昭年の往診装束となった。

染谷の身なりは昭年に比べれば、はるかに身軽である。持参するのは、治療鍼が五十本入った桐の小箱と、もぐさと線香とを詰めたふたつきの焼物だけだ。

それらを風呂敷に包み、片手に提げれば仕上がりだった。

染谷が往診に出る姿を見るのは、いまりには久々のことだった。辰巳芸者となってからは、初めてである。

父親が手にした風呂敷包みを見て、いまりの目が大きく見開かれた。

染谷の右手に提げられているのは、いまりが『権助襲名御礼』に配った、縮緬《ちりめん》の風呂敷である。

生地は茄子紺《なすこん》色で、四隅には小さく権助の名が染め抜かれている。

染谷は、娘の源氏名がよく見えるように、包み方を工夫していた。

「おとっつあん、それを使ってくれてたの」

素直に喜びの声を出した娘のわきで、染谷は聞こえないふりをして雨空を見上げた。小降りながらも、一向にやむ気配はない。

「気を抜くと、ひとの身体の芯に忍び込むいやな雨だ」

「まこと、風邪がはやるのも道理だの」

昭年は小声で応じてから、先に染谷の宿を出た。いまりが続き、染谷がしんがりで雨の中に一歩を踏み出した。


「この雨の中を、さっそくに往診していただけますとは……それもおふたりに」

検番の上がり框《がまち》で出迎えた女将は、板の間に三つ指をついた。

「鍼でも薬でも、どちらでも応じるつもりで、したことだ。遠慮は無用」

女将は、染谷たちと同い年である。若いころは座敷に出て、二十代だった染谷・昭年と座敷遊びに興じた仲だ。

かしこまったあいさつをする女将に、染谷は親しみをこめて、ぞんざいな物言いをした。

染谷の気持ちが、女将に通じた。医師ふたりを招き上げたときには、女将の顔から堅苦しさが消えていた。

風邪で寝込んでいたのは、いまりより五歳年下の佐助と、二歳年長の源次である。八畳間に布団が並べて敷いてあり、枕元には炭火の熾《お》きた火鉢が置かれていた。

部屋に入るなり、昭年が顔をしかめた。

「ふすまを大きく開いて、部屋の気配を入れ替えなさい」

厳しい声で指図をされて、女将の顔がふたたびこわばった。

「閉め切った部屋で、長い間炭火を燃やすのは禁物だ。わるくすれば、命を落とすぞ」

「そんなこと……」

「昭年が口にしたのは、脅しではない」

染谷も、昭年に負けぬ厳しい物言いをした。

「おまえがついていながら、どうしたことだ。昔のしつけを忘れたのか」

染谷は娘の目を見ながら叱りつけた。

「ごめんなさい。暖かくなればと思って、うっかりしていました」

詫びたいまりは、すぐさまふすまを開け放った。風が流れ込み、部屋の空気がすっかり入れ替わった。

冷たい風を頬に受けて、佐助が咳き込んだ。源次も小さなうめき声を漏らした。昭年は佐助、染谷は源次の枕元に座り、それぞれが脈を診た。

触診を終わると、互いに座を交替した。別の病人の脈をとり、顔を近づけて息遣いを確かめた。

「ふたりとも熱は高いが、ただの風邪だ。案ずることはない」

昭年が、きっぱりと言い切った。染谷は深くうなずいて、昭年の診立てを支えた。

「薬と鍼灸とどちらがいいか、あんたらが決めなさい」

ともに思案顔を拵えたあと、佐助は薬で治してほしいといい、源次は鍼をお願いしますと申し出た。

「わしは薬を調合してくる」

背負子から薬箪笥を取り外したあと、昭年は両手に抱えて部屋を出た。調合するには、病人が口から撒《ま》き散らすわるいものがない場所が入用だからだ。

昭年が部屋から出たあとで、染谷は源次を布団の上に起き上がらせた。

「ふすまを軽く開けてから、火鉢を近くに持ってきなさい」

指図をされたいまりは、敏捷《びんしょう》に動いた。炭火の熱が、源次の背中に届いた。充分に暖まったのを見定めてから、染谷は寝巻きを脱ぐようにと言い渡した。

素肌があらわれるなり、首を右に傾けさせた。背筋の真ん中に、大きな骨がボコッと飛び出した。

染谷は、飛び出した骨から指二本分を下げた。そこから左右それぞれに、指二本を移し、二ヵ所を交互に押した。強く押すと、源次の口から吐息が漏れた。

「痛いかの」

「少し痛いけど……気持ちがいいです」

「ならば、風邪は軽い。鍼を打たずとも、灸で治る」

焼物のふたをとったあと、染谷はもぐさをほぐし始めた。親指と人差し指とで、もぐさを摘《つま》み、米粒の二倍の大きさのものを二つ拵えた。

そのもぐさを、先ほど探り当てたツボに載せた。達人に摘まれたもぐさは、肌にぴたりと吸いついている。

ふところから懐炉《かいろ》を取り出した染谷は、持参した線香に懐炉灰の火を移した。線香から煙が立ち、梅檀《せんだん》の香りが広がった。

「いい香りだこと……」

風邪ひきの病人が、思わず香りを誉めた。染谷は馴れた手つきで、ふたつのもぐさに火を入れた。入念にほぐされたもぐさは、見る間に燃え尽きた。

「寝巻きを着てもよろしいぞ」

「もう終わったんですか？」

源次が、拍子抜けしたような声を出した。

「物足りぬなら、喉のツボにもすえるかの」

「喉にも効くんですか？」

「望みとあればすえてもいいが、いささか熱いぞ」

「物を飲み込むと、喉が痛いんです。ぜひ喉も治してください」

源次は真顔で灸をせがんだ。

「よろしい。右足を出しなさい」

布団の上に右の足を投げ出させた染谷は、親指を強く折り曲げた。指にあらわれた筋の最上部に、米粒大の灸をすえた。

火が回ると、源次が顔をしかめた。が、もぐさは瞬《また》く間に燃え尽きた。

「あとは昭年の薬を飲んで、滋養のあるものを食べれば、明日の昼過ぎには起きられる」

「なんだか、喉が楽になった気がします」

源次が喜んでいるところに、調合を終えた昭年が戻ってきた。佐助と源次の、ふたり分の飲み薬が作られている。

源次も診た昭年は、喉に効能のある薬も調合していた。

「わたしも、お灸をお願いできますか」

「いいとも。灸と、昭年の薬を併せれば風邪の熱は半日で下がる」

佐助にも、源次と同じツボに灸を施した。

「薬を服用するのは、ものを食したあとだ。空腹のままでは、胃ノ腑に負担が大きい」

「分かりました。おかゆを調《ととの》えましょう」

女将といまりは、連れ立って流しに立った。

「厚かましいのを承知で申しますが……」

布団の上に起き上がったまま、源次が昭年と染谷に話を始めた。かゆが出来上がるまで、源次の話は続いた。

「よろしい。わしと昭年とで、明日にでもたずねてみよう」

染谷が請合った。昭年もうなずいた。

源次の顔に朱がさした。風邪の熱ではなく、安堵ゆえの上気だった。

四

染谷と昭年が日本橋小網《こあみ》町に着いたのは、六月十四日の八ツ（午後二時）過ぎのことだ。

本来なら、午前中に顔を出す段取りだった。しかし染谷も昭年も、この日は朝から患者に押しかけられた。

雨続きで、身体の不具合を覚える者が続出したのだ。少々のことなら我慢していたのだろうが、梅雨寒が加わり、年配の患者はこらえきれなくなったのだろう。

前日がひまであった分だけ、朝から診療・治療に追い立てられた。

小網町河岸を流れる堀川を西にたどれば、日本橋魚河岸を経て、御城へとつながっている。河岸には幾つもの船着場が構えられており、漁船やはしけが舫《もや》われていた。

染谷たちが顔を出した先は、小網町河岸に面した醬油問屋、野田屋である。店の前には、積荷を運んでくるはしけを横付けするための、大きな船着場が構えられていた。

昨日よりも、雨脚が強くなっている。染谷がさしたこげ茶色の番傘は、雨粒に叩かれてバラバラと大きな音を立てていた。

染谷は店先で傘をたたみ、雨粒を払ってから野田屋に入った。

「与《よ》一郎《いちろう》どのは在宅かの」

土間の醬油樽を積み直していた小僧三人のなかから、年かさの子に染谷は声をかけた。与一郎は野田屋の惣領《そうりよう》息子で、源次の馴染み客である。

話しかけた染谷も、わきに立つ昭年も、作務衣《さむえ》風の身なりである。手にはなにも提げておらず、杉の足駄を履いていた。

「どちらさまでしょう」

得意客とも思えぬ年配者が、野田屋の跡取りの名を口にした。ぞんざいに扱えないとは思ったのだろうが、小僧の愛想はよくもなかった。

「深川の染谷と申す者だ」

「せんこくさん……ですか」

小僧はいぶかしげな口調で、名前をなぞり返した。

「左様だ。早く奥に行って、与一郎どのにわしの名を告げてきなさい」

こどもたちに鍼灸を教えている染谷は、つい指図をする口調になった。染谷の言うことをきいたものかと、小僧たちは顔を見交わした。

「わしも染谷も、深川の医者だ。素性のあやしい者ではない」

小僧三人の様子に焦《じ》れた昭年が、わずかに口調を尖らせた。医者だと名乗られて、小僧の顔つきが変わった。

「こちらでお待ちになってください」

土間のなかほどの腰掛をふたりに勧めてから、小僧は座敷に上がった。

野田屋は十間（約十八メートル）間口の、醬油問屋の大店《おおだな》だ。広い土間には、すぐに運び出す一斗樽と四斗樽が堆《うずたか》く積み重ねられている。

酒樽とは異なり、四斗樽も薦《こも》かぶりではなく剝き出しだ。土間には、香ばしい醬油の香りが満ちていた。

座敷に上がった小僧は、さほどに間をおかずに戻ってきた。しかし伴ってきたのは、与一郎ではなかった。

「てまえどもの六代目に、ご用がおありだとうかがいましたが」

応対に出てきたのは、頭取番頭の善之助《ぜんのすけ》である。名乗られた染谷と昭年は、ゆっくりと腰掛から立ち上がった。顔を出すのはこの男だろうと、あらかじめ踏んでいたからだ。


「日本橋小網町に、野田屋さんという醬油問屋さんがあります」

昨日、染谷から灸の治療を受けた源次は、野田屋とのかかわりを話し始めた。

「そちらの若旦那さんは、あたしのごひいき筋です。旦那という間柄ではありませんが、かれこれ二年近く、月に二度はお座敷に呼んでくださいます」

いずれは野田屋六代目を継ぐ与一郎は、足繁《あししげ》く深川まで出かけてきた。日本橋大店の惣領仲間と一緒のこともあれば、ひとりで門前仲町の料亭に出てくることもある。

いずれにしても、安い遊びではなかった。辰巳芸者を座敷に呼ぶには、源次ひとりというわけにはいかない。三味線を受け持つ地方《じかた》も入用だし、ときには源次の朋輩《ほうばい》も呼ばなければならない。

料亭の費《つい》えだけでも、一度の遊びで二両はかかる。月に二度の遊びを二年。内輪に見積もっても、与一郎はこれまでに百両近いカネを遣っていた。

それだけの大金を深川に落としながら、与一郎は源次に言い寄りはしなかった。

「座敷遊びの作法を身につけろというのが、親父の言いつけでね」

野田屋の五代目当主は、息子が嫁を迎えるまでに限り、深川で遊ぶことを黙認していた。

今年で三十歳の与一郎は、明るい客である。源次の舞を楽しんだあと、酌み交わす酒の話題も豊富だ。いつもは洒脱な話し方で源次を笑わせたが、六月十日の座敷では顔つきがすぐれなかった。

「親父の様子がよくないんだ……」

ぼそりとつぶやいた口調が、源次には気にかかった。検番の女将に断わりを言ってから、この夜源次は初めてふたりだけで過ごした。

芸者が客と一夜を過ごすには、相応の手続きがいる。が、源次は旦那と芸者ということではなく、ただの男と女の逢瀬《おうせ》として与一郎に接した。

「うちの頭取番頭は、親父のやまいをいいことに、好き勝手な振舞いに及んでいる。親父の容態を診ている医者と、裏でつながっている気がしてならない」

大店のあるじは、店の切り盛り一切を番頭に委《ゆだ》ねて、細かな口出しをしないのが器量とされている。商いの動きは頭取の口から聞き、店には顔を出さない。

身代を大きくするも潰すも、番頭の才覚次第である。いかに番頭を御して、あるじに忠誠を誓わせるか。この首尾次第で大店のあるじは周りから評価をされたし、また値打ちを下げたりもした。

よほどのことがない限り、大店は番頭に暇を出すことをしない。番頭の不始末は、つまりは当主の器量不足でもあったからだ。

与一郎は、この夜初めて胸のうちに抱える屈託を源次に明かした。源次の人柄を買っていたことが、わけのひとつだ。

与一郎が話をしたもうひとつのわけは、染谷の存在だった。

座敷遊びの折り、源次は権助の話を何度も聞かせていた。

「うちの権助は、母娘二代の辰巳芸者なんですよ」

染谷と昭年とが同時に医者になったこと。

ふたりがともに、辰巳芸者を女房にしたこと。

同い年のこどもを授かり、染谷の娘は母親のあとを追って辰巳芸者になったこと。

『医は仁術』の教えを守り、深川の住民たちから染谷と昭年は深く敬愛されていること。

これらの話を、源次は座興のひとつとして与一郎に聞かせていた。

「近々、染谷先生と昭年先生に、親父の容態を診てもらえないだろうか」

頭取番頭が邪魔立てをするに決まっているが、それは自分がなんとでもする……。

与一郎は本気で源次に頼んだ。

「折りを見て、あたしの口から権助に話をしてみますから」

そう請合った源次だが、その翌日から風邪で寝込んでしまった。

「与一郎さんは、染谷先生の名も昭年先生の名も承知しています」

ぜひとも一度若旦那に会って、詳しい次第を聞いてほしい……。

往診の折りに、源次から聞かされた話のあらましである。

「わけあって、与一郎どのと話をしたい。わしは深川の鍼灸師で、こちらは医者だ」

染谷は番頭に向かって、もう一度ふたりの素性を明かした。しかし用向きは一切、口にしなかった。

「先生がおふたりもお見えになるとは、六代目からうかがってはおりませんが」

「それは道理だ。今日出向くことは、与一郎どのにも話してはおらぬでの」

「左様でございましたか」

善之助の顔に、皮肉そうな笑いが浮かんだ。

「あいにくいま六代目は、旦那様の名代《みょうだい》で寄合に出向いておられます」

「まさに、あいにくだの」

染谷は、軽く番頭の言い分をいなした。

「ならば戻ってくるまで、ここで待たせてもらおう」

「それはご勘弁願います」

善之助の顔つきがこわばった。

「寄合は野田の会所でございまして、泊りがけの他行でございます」

善之助が口にしたことは、まことだった。与一郎は他の問屋の旦那衆とともに、泊りがけで野田まで出かけていた。帰りは明日十五日の夕刻だという。

「ならば致し方もない。わしらが出向いてきたことを、与一郎どのに伝えていただこう」

「うけたまわりました」

医師ふたりが思案橋を渡るまで、善之助は店先に立って見送った。が、その目に敬いはなく、ふたりが深川に戻るのを見定めているかのようだった。

五

「今日の八ツ下がりに、深川の藪医者ふたりが店に顔を出した」

善之助は横柄な物言いのあと、盃の酒を干した。小網町からさほどに遠くない、住吉《すみよし》町の藤岡道元《どうげん》宅でだ。

六月十四日の五ツ（午後八時）。雨は一向におさまらず、夜に入ると一段と冷えがきつくなっている。

手酌を続ける善之助は、真綿の襟巻きを巻いていた。

道元は野田屋出入りの医者で、五代目野田屋佐五郎《さごろう》の治療を担《にな》っている。しかし病気を治すのではなく、ありもしない病状を佐五郎に吹き込んでいるというのが当たっていた。

「だれですか、その藪医者というのは」

「染谷と昭年だと名乗っていたが、あんたに聞き覚えはあるか」

「知っています」

道元は即座に答えた。

「医者は人助けが本分だと言いふらして、界隈の患者の人気取りをしています」

「人助けは、医者の本分だろうが」

善之助が、ゆがんだ笑いを浮かべた。

「善之助さんの口からは、聞きたくもないことです」

強い口調で言い返してから、道元も盃を干した。

「ところで善之助さん……」

口調を元に戻した道元は、身体をわずかに乗り出した。

「朝鮮人参が、そろそろ品切れです」

「どちらがだ」

「まがい物のほうです」

「分かった。明日にでも手配りしよう」

善之助は、小鉢の酢の物に箸をつけた。道元が雇っている下男は、昔は料亭の板場で庖丁を手にしていた男だ。酒の燗つけも肴《さかな》の調理も、それなりにこなしている。

「このワカメは美味い」

善之助が酢の物を誉めた。道元は返事をせず、手酌で盃を満たした。

「次の往診は、十六日です」

「言われなくても分かっている」

「それまでには、ぜひとも人参を手に入れてください」

「おれは、手配りすると言ったはずだ」

善之助が、言葉を吐き捨てた。大店の頭取番頭の口調ではなかった。

際立った薬効で知られる薬用の朝鮮人参がわが国に伝来したのは、遠く八世紀前半の聖武《しょうむ》天皇のころである。室町時代には、来日した朝鮮通信使が、足利将軍家への献上品として持参した。江戸時代に入っても、朝鮮通信使は将軍家への献上品は、その筆頭を朝鮮人参とした。

わずか四匁《もんめ》の朝鮮人参が、天明七（一七八七）年においても銀十二匁もした。薬効にはすぐれていても、途方もなく高値だ。しかも朝鮮からの輸入に頼らなければならず、代価として高品質の銀が朝鮮に流出してしまう。

業を煮やした八代将軍吉宗は、朝鮮人参の国産化をめざしてさまざまな手を打った。幕府が主導して、いわば朝鮮人参の類似品を育成しようとした。

天保四（一八三三）年のいまでは、朝鮮と似た風土の下野《しもつけ》国今市《いまいち》付近で、朝鮮人参が多く栽培されている。薬効も、朝鮮産とほとんど同じだとされていた。

本場朝鮮の品よりは安価だが、栽培は公儀の管理下である。好き勝手な値で売りさばくことはできなかった。

善之助の在所は、今市である。在所の人参農家と通じて、善之助は不出来な人参をひそかに買い集めた。

萎《しお》れたり腐ったりした人参にまでは、役人も目を配らなかった。それを一手に買い集めているのが、善之助である。

在所で幼馴染だった男が、今市の貸元に納まっていた。その貸元の手を借りて、善之助は江戸まで人参を運んだ。

江戸に持ち込まれた人参は、麹町《こうじまち》の薬種問屋吉田屋の袋に詰められた。吉田屋の番頭と善之助は、この裏稼業で大金を蓄えていた。

「人参はおれが引き受けるが、治療のほうは抜かるなよ」

善之助が、きつい目で道元を見据えた。幼馴染の貸元も顔負けの、鋭い目つきだった。

かつらむき

一

野田は醤油の町である。銚子《ちょうし》と肩を並べるほどとはいかないものの、七軒の造り醤油の蔵元が町に点在していた。

出来上がった醤油の大半は、江戸川の水運を利用して江戸に運ばれる。銚子に比べて、江戸までの廻漕は楽だ。ゆえに江戸の醤油問屋の大店《おおだな》は、競い合って野田まで買い付けに出向いた。

天保四（一八三三）年六月十四日。野田で一番の料亭『ひさご』の大広間は、十五人の客で賑わっていた。

造り醤油の蔵元七軒の当主が、横一列に並んでいる。向かい側には、江戸の醤油問屋の当主八人が、同じように一列になって座していた。

「それではまことに僭越《せんえつ》ながら、てまえが御礼の口上を述べさせていただきます」

造り醬油の老舗蔵元、亀甲屋《きつこうや》満座衛門《まんざえもん》が立ち上がった。蔵元の当主たちが座っているのは、ふすまに近い下座である。

「今年もまた野田屋さんを筆頭にして、八軒様から都合五万樽の野田産醬油を買い付けていただきました」

満座衛門は、野田屋に力を入れて口上を進めた。

上座の真ん中に座っているのは、遠からず六代目野田屋佐五郎を襲名する惣領息子、与一郎である。満座衛門に向かって、与一郎は軽い辞儀を返した。

「昨年来、江戸御府内におきまして、蕎麦《そば》屋、うなぎ屋、どじょう屋の開業が相次いでおりますのは、お集まりのみなさまには先刻ご承知のことでございましょう。また、辻ごとに屋台を構えておりますてんぷら屋が、いずこも繁盛いたしておりますのも、みなさまにはご存知のことかと存じます」

満座衛門は口上のなかで、天保二年から今年にかけて、江戸では新規の食べ物商売が次々に開業していると力説した。いずれの商いにも、醬油は欠かせない。

「みなさま方にも、てまえども蔵元にも、ときの流れは順風の追い風《おいて》でございます」

言葉を区切った満座衛門は、江戸の醬油問屋八人の顔を順に見回した。そして与一郎に目を合わせたところで、口上の結びを口にしはじめた。

「野田屋さんにはより一層のお力添えを賜りつつ、みなさま方からもご高配を賜りまして、本年もまた商いを伸ばしてまいる所存でございます」

なにとぞよろしくと言葉を結んで、満座衛門は着座した。上座に座った醤油問屋当主たちが、腰をおろした満座衛門に会釈をした。

応ずる満座衛門の会釈は、八人よりもわずかに軽かった。

宴に先だっての口上は、江戸からの客に対する敬意に満ちていた。が、身代の大きさでは、野田屋を含めたどの問屋よりも、亀甲屋は桁違いに大きい。

なにしろ、蔵の敷地はおよそ五万坪もあるのだ。敷地内には、仕込みの蔵が十二、出来上がった醤油を収める蔵が十六も構えられていた。

大きいのは敷地だけではない。

亀甲屋は自前の廻漕船を三杯も擁していた。なかの一杯は、千石積みの弁才船《べざいせん》である。帆柱の高さが八丈（約二十四メートル）、帆の大きさは二十畳大もある大型船だ。

毎年、三月と九月の二度、亀甲屋は醤油樽を満載して品川沖までこの船を走らせる。帆に描かれた亀甲紋は、四畳の大きさだ。

「亀甲屋さんの紋は、二百尋《ひろ》（約三百メートル）先からでも、はっきり分かる」

帆に描かれた紋の大きさは、船乗りの間でも評判だった。

それほどの身代を背負った満座衛門である。江戸からの客に対してあたまを下げるのは、あくまでも儀礼なのだろう。口上を終えて宴が始まれば、客への会釈が軽くなるのも無理はなかった。

料理が運ばれたあとは、銘々が互いに膳を動かして、上座・下座の間合いを詰めた。

蔵元の当主も問屋のあるじも、ともに相手から徳利を差し出される身である。ところがこの夜は、それぞれおのれが徳利を手にして相手に酌をした。

「これからも、できのいい下地（醤油）を回していただきたい」

「うちは仕込み蔵を三蔵、この秋口までには仕上げます。こちらこそ、なにとぞよろしく売りさばきのほどをお願いします」

互いに思惑を抱えながら、酒を酌み交わした。満座衛門が口上で触れた通り、江戸では醤油を入用とする食い物屋が、毎日のように開業している。

徳利を差し出す者も、酌を受ける者も、商いが大きく伸していることで、相好は崩れっぱなしだった。


天保と改元されて、今年で四年目である。昨年の春ごろから、江戸では大小さまざまの食い物屋が店開きを続けていた。

改元前の文政年間後期から、江戸に流れてくる他国者が激増した。とめどなく膨張を続ける江戸は、男女を問わず幾らでも人手を欲していたからだ。

求められるのは、技量のある職人とは限らなかった。力があるだけの者でも、湊に行けば仲仕としての働き口があった。

「その身体つきなら、一度に三俵は担げるだろう」

廻漕問屋の裏庭では、雇い入れる仲仕の力試しがひっきりなしに行われた。

仲仕をやれるほどには力がない者は、車屋をたずねた。そして、車力《しゃりき》や後押しの仕事にありついた。

江戸には百万を超える者が暮らしていたが、そのおよそ半分は武家と僧侶たちだ。武家も僧侶も、ものはなにも生み出さずに、ひたすら遣うだけである。

ゆえに江戸は、五十万人を超える、膨大な消費するだけの住人を抱えていた。

暮らす者が増えれば、諸国から江戸に運び込まれる産物も増える。物資の多くは大型船で、品川沖まで運ばれてきた。

品川の海は、大川につながっている。大型のはしけに積み替えられた荷は、永代橋たもとの佐賀町河岸や、霊岸島河岸、湊町河岸などに荷揚げされた。

なかでも、もっとも大きな河岸が佐賀町である。ここの廻漕問屋に荷揚げされた物資は、大八車に積み替えられた。重たい物、かさばる物は、仙台堀を使って小型のはしけで運んだ。

江戸の方々で、さまざまな者が従来の老舗商家ではなく、さまざまな仕事に就いた。それらの者の多くはひとり者で、手間賃取りの日雇いである。

仕事始めの前の朝飯。仕事中の昼飯。そして仕事を終えたあとの晩飯と、三食すべてを外食で済ませた。

「とっつぁんよう。もうちっと、味付けを濃くしてくんねえな」

力仕事に就く者は、濃い味付けを好んだ。汗を流したあとの身体は、薄味を嫌った。味を濃くするには、醬油が欠かせない。

次々に店開きをする食い物屋は、どこの店も醬油の蔵元と問屋には、ありがたい得意先だった。

「佐五郎さんの具合は、よほどによろしくないのか」

満座衛門の問いかけには、心底から野田屋当主を案ずる思いが込められていた。

「ご心配をおかけいたしまして、申しわけございません」

与一郎は、両手を膝に載せて答えた。

「野田の蔵元は七軒とも、野田屋さんには深い恩義を抱えている。くれぐれも、佐五郎さんには養生に励んでいただきたいと、お伝えくだされ」

与一郎に対する満座衛門の辞儀は深く、気持ちがしっかりと込められていた。

屋号の通り、野田屋の扱う醤油は野田産だけである。他の七軒の問屋は、いずれも銚子産の醤油も取り扱っていた。

野田屋が銚子の醤油を扱わないのは、初代の在所が野田だったからだ。

銚子に比べて、野田は江戸に近い。ところが江戸の問屋への卸値は、銚子のほうが四斗樽ひとつあたり百文も安かった。

銚子の醤油蔵元は、大小合わせて二十軒である。その蔵元が組合を構えて、自前の廻漕船を七杯も拵えた。

船はいずれも、五百石は積める弁才船である。江戸に向かって風が吹くのは、晩秋から冬場にかけての、およそ四ヵ月である。

この時期には月に二度ずつ、七杯の船が醤油樽を満載して江戸に向かった。野田よりも樽あたり百文も安く卸せるわけは、廻漕代が野田よりも安かったがゆえである。

野田屋が一年で商う醬油は、およそ月に二千樽、一年で二万四千樽に届く大商いである。一樽百文の差は、一年で二百四十万文。小判に換算すれば、四百八十両もの大金である。

それだけ利が薄くなっても、野田屋は銚子の醬油を扱おうとはしなかった。亀甲屋満座衛門が、与一郎に深い辞儀を示したわけはここにあった。

「それにつけても、野田屋さんは番頭さんに恵まれておられる」

満座衛門が口にしたのは、頭取番頭善之助のことだ。思うところを抱えている与一郎は、顔つきが変わるのを懸命に抑えた。

「野田屋さんが次々に新しい得意先を切り開いていかれるのも、畢竟《ひっきょう》、番頭さんの舵取《かじと》りがよろしいからだ」

満座衛門に見詰められても、与一郎はうなずくことをしなかった。満座衛門は気にもとめず、話を続けた。

「店の浮き沈みは番頭次第だと言うが、野田屋さんを見ていれば心底から得心できる」

満座衛門が徳利を差し出した。受ける与一郎の盃が、わずかに震えていた。

二

六月十五日も、江戸は雨となった。永代寺の撞《つ》く暮れ六ツ（午後六時）の鐘が、降り続く雨をついて、門前仲町に流れていた。

「染谷先生がお見えになったら、すぐさまわたしに教えなさい」

「はああい」

野島屋の番頭勇三郎《ゆうざぶろう》に言いつけられた小僧は、甲高い声で応えた。

野島屋は、富岡八幡宮《とみおかはちまんぐう》参道に面した米問屋である。深川界隈の料亭、旅籠《はたご》、料理屋などを、百二十軒も得意先に抱えていた。

米の納め先は、いずれものれんの古さを誇る老舗で、しかも大店ばかりである。ゆえに野島屋の一年の商いは、一万両を大きく超えていた。

十六間（約二十九メートル）の間口一杯に、長さ一尺五寸（約四十五センチ）のひさしが突き出している。小僧はひさしの下に立ち、すでに夕闇に包まれた通りに目を凝らした。

染谷は、左手に治療具を包んだ風呂敷包みを提げ、こげ茶色の蛇の目傘をさしてあらわれた。

「先生が、お見えになりましたああ」

語尾を長く引っ張って、小僧が染谷のおとずれを告げた。番頭が店先に出てきたときには、染谷はすでに軒下で蛇の目傘をすぼめていた。

「あるじから、言付かっております。どうぞ、こちらへ」

勇三郎みずから、染谷を奥の玄関口へと案内した。小僧まかせにせず、番頭が客を案内するのは、格別の扱いである。それほどに、染谷の往診を待ちかねていたのかもしれない。

勇三郎が案内したのは、十畳の客間である。

「染谷先生を、ご案内申し上げました」

勇三郎の声で、すぐさま客間のふすまが開かれた。顔を見せたのは、野島屋の内儀、菊乃《きくの》である。

「足元のおわるいなか、ご足労をいただきまして、ありがとう存じます」

菊乃はふすまの内側で、三つ指をついた。

「あいさつはあとでもいい。まずは、容態を診せてもらおう」

染谷は、内儀のあいさつをさえぎった。染谷の人柄をあらかじめ聞かされていた菊乃は、気をわるくした様子も見せずに招じ入れた。

十畳座敷の四隅には、それぞれ二本ずつの百目ろうそくが灯されていた。四隅に各二本、都合八本のろうそくである。

惜しげもなく高価なろうそくが灯された部屋は、梅雨どきの暮れ六ツ過ぎでも、畳の縁の柄が分かるほどに明るかった。

座敷の真ん中には、分厚い敷布団が二枚重ねになっている。その敷布団に、野島屋の長男がうつぶせになっていた。

枕元に座った当主の仁左衛門《にざえもん》は、跡取り息子の手を握っている。二張りの大型遠州行灯《えんしゅうあんどん》が、こどもの顔を照らし出していた。

今年で十歳の長男は、名を陽太郎《ようたろう》という。菊乃が嫁いで十年目にして、ようやく授かった跡取りである。

八本の百目ろうそく。二張りの遠州行灯。そして、二枚重ねの敷布団。仁左衛門も菊乃も、陽太郎には尋常ではない気遣いぶりを示していた。

染谷を見た仁左衛門は、息子の手を離して立ち上がった。

「なにとぞ先生のお力で、陽太郎の痛みを取り除いてください」

野島屋当主が軽くあたまを下げた。言葉遣いも、ていねいである。が、語調には、内儀が示したような敬いは含まれていなかった。

「痛いよう……手を離さないでよう」

こどもがたちまち、背中を反り返らせて痛みを訴え始めた。父親が手を離したことで、怯《おび》えたのだろう。

「御免」

仁左衛門に短く断わってから、染谷はこどもの枕元に座った。行灯を動かして、陽太郎の顔色を確かめた。

こどもは痛い、痛いと声を震わせている。染谷はその様子をじっと見定めてから、仁左衛門をわきに呼び寄せた。

「もしやこの子は、膝か背中かに、強い打ち身を受けておるのではないのか」

仁左衛門の顔色が変わった。

「まことにさようでございますが、なぜ先生にはそのことがお分かりなので……」

「わしの診立てに、間違いはないのだな」

「ございません。おっしゃられました通り、おとといの夕方、左足のふくらはぎをしたたかに蹴られております」

こどもが痛がるわけをずばりと言い当てられたことで、当主はすっかり染谷の技量を信じたようだ。ふくらはぎを痛めたときの様子を、細かく話し始めた。


五歳の誕生日を迎えた年から、陽太郎は外遊びがしたいとせがみ始めた。野島屋の近所には原っぱは幾らでもあったし、こどもの多く暮らす裏店も何棟もあった。

さりとて、ようやく授かった野島屋の跡取り息子である。長屋のこどもたちと、原っぱで遊ばせることは許さなかった。

その代わり、仁左衛門は職人を入れて庭の一角に遊び場を拵えさせた。桜の咲く手前には、三十坪もある遊び場が仕上がった。

「おまえたちが、陽太郎の遊び相手になりなさい」

店の小僧ふたりに、陽太郎の遊び相手をするようにと言い渡した。

「みんな、おにいちゃんばっかりだもの。遊んでも、つまんない」

陽太郎は、幾日もしないうちに小僧と遊ぶのをいやがった。

「裏店のこどもたちを、庭に呼び入れてはいかがでございましょう」

番頭の思案に膝を打った仁左衛門は、野島屋の真裏にある裏店、由吉店《ゆきちだな》に番頭を差し向けた。

長屋の差配と談判をした番頭は、由吉店のこどもたちを庭の遊び場に招き入れた。

こどもは陽太郎と同い年か、もしくは年下の男女である。陽太郎も大喜びで、一緒に遊んだ。

その遊びが始まって、今年で五年が過ぎた。すでに丁稚《でっち》奉公に出された子も、何人もいた。

残っているこどもたちは、五年来の遊び仲間である。陽太郎もこどもたちも、遊び場だけでは飽きがきていた。

こどもたちは、敷地の外に出ることはしなかった。が、野島屋は米問屋の大店である。敷地内には蔵もあれば、古木も植わっている。

八ツ（午後二時）から七ツ（午後四時）までの一刻、こどもたちは野島屋のなかを走り回って遊んだ。

梅雨に入ると、外遊びができなくなった。

「蔵のなかでかくれんぼをしようよ」

一番から三番までの米蔵は、店が開いている間は錠前がかかっていない。隠れ場所に事欠かない蔵は、格好の遊び場だった。

二日前の六月十三日も雨だった。

蔵でかくれんぼをしているさなかに、ひとりの子が階段から足を滑らせた。間のわるいことに、階段下には陽太郎が隠れていた。

外は雨である。滑った子はわらじではなく、下駄を履いていた。その歯で、陽太郎のふくらはぎをしたたかに蹴った。

陽太郎は強い痛みを覚えたが、泣かずに我慢した。女の子も一緒だったことで、こどもなりに見栄があったのだろう。

夜に入ると、ふくらはぎの腫れがひどくなった。それでも陽太郎は、母親には内緒にした。菊乃の口から父親の耳に入ったりすれば、たちどころに遊び仲間を追い払われると案じてのことだ。

一夜明けた十四日には、腫れがさらに悪化し、立ち上がることができなくなった。

仁左衛門は、汐見橋《しおみばし》たもとの骨接《ほねつ》ぎ医を呼び寄せた。一度もかかったことはなかったが、近所に骨接ぎ医はほかにいなかった。

「この程度の腫れであれば、わしの調合する塗り薬ですぐにも快方に向かうじゃろ」

医者は翌朝には歩けると請合った。が、十五日の朝になると、陽太郎は時折り背中を反り返らせて痛みを訴えた。

「塗り薬の量が足りなかったのかの」

骨接ぎ医は、薬の量を倍に増やすという。それを断わったのは、母親の菊乃である。

「蛤《はまぐり》町の染谷先生に診ていただきましょう」

菊乃の言い分に、仁左衛門は顔をしかめた。染谷が地元の住人に評判がよいことは、仁左衛門も知っていた。が、染谷は鍼灸医である。いかに名医だといっても、まだ十歳のこどもには、鍼も灸も適しているとは思えなかったからだ。

「もしも染谷先生が手に負えないと思われたときは、陽太郎にあったお医者様を教えてくださるはずです」

得体の知れない塗り薬よりは、はるかにましだと菊乃は強く言い張った。

菊乃も仁左衛門も、染谷の治療を受けたことはない。しかし菊乃は出入りの髪結い職人から、染谷の評判を何度も聞かされていた。

「このごろ、腰に痛みを覚えて仕方がありません」

髪結いの途中で、菊乃は何気なく腰痛の話を始めた。腰の痛みは、女には共通の悩みだったからだ。

「腰を痛めたり打ち身をしたりしたときには、迷わず黒船橋近くの染谷先生に診ていただくほうが安心です」

髪結い職人は、何度も染谷の治療を受けていた。鍼一発で、持病の腰痛が嘘のように軽くなったと染谷を讃《たた》えた。

菊乃は、髪結い職人から聞かされたことを覚えていた。連れ合いから強く言われて、仁左衛門も染谷に往診を頼むことを受け入れた。そして手代を治療院に差し向けた。

「いきなり往診といわれても、無理だ」

たずねてきた野島屋の手代に、染谷は断わりを口にした。

「てまえどもの内儀は、坊ちゃまを案じて昨日から眠ることもできませんので……」

手代は、こどもを思う菊乃の様子を切々と訴えた。こどもの痛がりようは、尋常ではないとも口にした。

ただしこどもの痛みの元が、打ち身であることは伏せておくようにと、仁左衛門からきつく命じられていた。

汐見橋の骨接ぎ医で懲りた仁左衛門は、染谷の眼力がいかほどかを、治療を頼む前に見定める気でいたのだ。

「暮れ六ツならば、往診できるじゃろう」

休診日であったが、染谷が往診を請合うと、手代は手を合わせて安堵した。


こどもの様子をひと目みただけで、染谷は痛みのもとは打ち身にあると察した。

背中を反り返らせるほどの痛みの元が、もしも内臓疾患だとすれば、こどもの顔色は土気色になっているはずだ。

痛みを訴えながらも、血色はわるくない。だとすれば、打ち身が元だと染谷は断じた。

「触診から始める。わしがこの子を診てもよろしいか」

染谷は仁左衛門を見据えた。

染谷の元に差し向けられた手代は、なにが元でこどもが痛みを訴えているかを、ひとことも口にしなかった。

当主は、技量試しをする気でいる。

染谷は仁左衛門の思惑を見抜いていた。

「なにとぞ、よろしくお願い申し上げます」

野島屋当主は、両手を膝に載せてあたまを下げた。いまの仁左衛門は、心底から染谷を信じているようだった。

三

野島屋を出て半町（約五十五メートル）南に歩けば、大横川の川岸に突き当たる。そこには橋が架かっておらず、川面から一丈（約三メートル）の高さの土手になっていた。

土手伝いに西に三町（約三百三十メートル）進んだ所が、染谷の治療院である。

野島屋のある富岡八幡宮のあたりから染谷の治療院に向かうには、この道筋がもっとも早かった。

しかし八幡宮周辺に暮らす患者は、表通りを黒船橋まで歩き、橋の北詰から河畔の道を引き返す者がほとんどだった。二町以上も遠回りになるが、この道筋のほうが広々としているからだ。

大横川沿いの土手の道は、幅が二尺（約六十センチ）しかない。しかも土手の上までは、灯火もほとんど届かないのだ。

暗くて狭く、そのうえ雨が続けば方々にぬかるみができる。ゆえに土手の様子が分かっている土地の者は、昼間でも雨の日はこの道を避けた。

とりわけ夜にかかると、ここを歩く者は皆無に近かった。ところが染谷と野島屋の手代は、連れ立って土手へと向かい始めた。

陽太郎の治療を終えた、六月十五日の五ツ半（午後九時）過ぎのことである。

「提灯《ちょうちん》がございますし、草次郎《そうじろう》は土手の道にも慣れておりますので」

染谷は、勇三郎の勧めを受け入れた。

土手の道は、染谷にとっては庭も同然である。たとえ闇夜でも、提灯なしで歩けるほどに通じていた。

雨脚は一向に収まってはいなかった。加えて、染谷の供をする手代は、内儀が調えた土産物の大きな包みを提げている。

手代のためにも、少しでも近道をしてやりたいと考えた染谷は、番頭が勧めた道を受け入れた。

野島屋を出たときから、草次郎は染谷よりも二歩先を歩いた。背丈が五尺七寸（約百七十三センチ）と、手代は大柄である。その草次郎が、傘をさした手で提灯を提げていた。

小僧が提げるときに比べれば、地べたから三尺（約九十センチ）ほども提灯は高かった。しかも、三十匁《もんめ》の大きなろうそくが灯されている。提灯は、雨の中でも充分に明るかった。

先を歩く草次郎の後ろ姿を見ているうちに、染谷は歩みを速めて並びかけた。道幅二尺の狭い道である。草次郎は歩みを止めて、いぶかしげな顔で染谷を見た。

「あんたには、半端ではない柔《やわら》の心得があるようだの」

「えっ……」

草次郎が、降り続く雨のなかで目を見開いた。提灯の明かりを浴びて、その目が強く光っていた。

「どうやら、図星かの」

「はい……」

「慌てて歩く道でもない。ゆるゆる行きながら、柔を覚えた次第を聞かせてくれ」

染谷が目元をゆるめた。歳とも思えない、邪気のない笑みである。

先生をお送りする道々、くれぐれも粗相のないようにと、草次郎は番頭からきつく言い渡されていた。

陽太郎の治療が見事であったがために、当主の仁左衛門は心底からの感謝を染谷に示した。内儀は、手土産を調えた。

そのことをわきまえている勇三郎は、染谷に深々と辞儀をした。そして、用心のために草次郎を供につけていた。

染谷が信頼できる相手であるのは、草次郎にも伝わっていた。

「てまえは、三年前までは仲町の『よしだ』で板場奉公を続けておりました」

並んで歩き出した草次郎は、はっきりとした物言いで染谷に次第を話し始めた。


草次郎は三年前までは、仲町の料亭よしだに奉公していた板場職人である。当時二十一歳だった草次郎は、板場での地位は追い回し小僧の次でしかなかった。

任されていたのは、米研ぎである。よしだに納める米の吟味も、草次郎の仕事だった。

「だめです、これでは。搗《つ》き直しをしてください」

職人らしくないていねいな物言いだが、草次郎はきっぱりと言い切った。米の吟味にはことのほか長《た》けており、少しでも搗き方が甘いと、納めにきた米を突き返した。

「なんだい、あの板場はえらそうに。たかが、追い回しの次じゃないか」

野島屋の手代は口を尖らせた。しかし返された米を確かめた勇三郎は、手代をきつく叱った。

そして、草次郎の目利きぶりを高く買った。

「ぜひともよしだ様と談判いただき、板場の草次郎をてまえどもに譲り受けてください」

勇三郎の舵取りには、仁左衛門は全幅の信頼を寄せていた。納め先も、納める米の量も、年ごとに増えている。勇三郎の舵取りあってのことだと、仁左衛門は承知していた。

さらに野島屋の身代を大きくするためにも、腕利きの若い手代が欲しいと、勇三郎は切望していたのだ。

「おまえがそれほどに言うのであれば……」

仁左衛門は番頭から話を聞いた翌日、よしだの当主をたずねた。

「お申し越しいただいたことは、しっかりとうかがいました」

話を持ちかけられたよしだの当主は、草次郎の気持ちを質《ただ》した。米の吟味に長けてはいても、庖丁遣いも、舌の具合も草次郎はいまひとつだった。それを分かっていたがゆえに、当主は野島屋の話を聞く気になったのだ。

「おまえの働き次第では、番頭に取り立ててくださる道もあるそうだ。わるい話だとは思わないが……」

よしだには、草次郎の上に三人の兄弟子がいた。たとえ庖丁遣いが巧みになったとしても、板長の座は遥かな彼方である。

草次郎は申し出を受け入れた。

野島屋は、二十両の謝金と引き換えに、草次郎を譲り受けた。

「てまえが柔の道場に通い始めましたのは、板場修業の役に立つと思ったからです」

「それはまた、どういうわけかの」

気をそそられた染谷が、草次郎の顔を見上げた。染谷と草次郎とは、背丈に五寸（約十五センチ）の開きがあった。

「板場の庖丁修業は、だいこんの桂剝《かつらむ》きです。柔の受身は……」

話している途中で、草次郎は傘の柄を握り直した。

染谷も同じだった。治療道具を包んだ風呂敷包みを左手でぎゅっと握り、右手は傘の柄を握り直していた。

土手の下から、三人の男が駆け上がってきた。三人とも、雨のなかでもなにひとつ雨具を身につけてはいなかった。

身体は濡れるにまかせている。手には銘々が、抜き身の匕首《あいくち》を握っていた。

草次郎が提げた提灯の明かりを浴びて、匕首が鈍い光を放った。

いぶし銀の火皿

一

朝から降り続いた雨で、土手の雑草はたっぷりと濡れていた。うっかりわらじで草を踏むと、足を取られてしまいそうだ。

ところがその土手の斜面を、匕首を手にした三人はやすやすと駆け上った。

腰の落とし方。足の運び方。匕首の握り方。

そのいずれにも、男たちは長《た》けていた。土手に駆け上るなり、三人は染谷と草次郎を取り囲んだ。動きに無駄がない。

染谷は両手がふさがっていた。右手は傘を握っているし、左手は治療道具を包んだ風呂敷包みを提げている。

草次郎も同様である。傘と提灯、それに野島屋の内儀が調《ととの》えた染谷への土産物を手にしていた。

傘もさしていない男三人は、両手が使えて動きが敏捷だ。三人とも、抜き身の匕首を手にしていた。染谷と草次郎の隙をうかがうだけで、余計な口をきかない。

三人は、匕首遣いの玄人《くろうと》だった。

草次郎が最初に動いた。三人から目を離さぬまま、提灯に強い息を吹き込んだ。柔《やわら》の稽古で鍛えた、草次郎の息遣いである。

三十匁の大きなろうそくの火が、ひと息で消えた。雨降りの土手に、闇がおおいかぶさった。

「やるじゃねえか、にいさん。闇のなかで、やりあおうてえのかい」

「久しぶりに、手ごたえのありそうな野郎と出交《でくわ》したぜ」

「あっけなく始末したんじゃあ、雨んなかを走ってきた甲斐がねえ」

匕首を揺らしながら、三人は芝居の渡りゼリフをしゃべる役者のような物言いをした。闇が深くて互いの顔も見えない。男たちの口ぶりは、あたまから草次郎と染谷をなめてかかっていた。

染谷は風呂敷包みを手にしたまま、闇を見詰めていた。三人の息遣いから、どこに相手が立っているかを見極めている。染谷は足首の力を抜き、膝の動きを楽にしていた。

男たちの気配が変わった。

プシュッと、モノが破裂するような音がした。男のひとりが、短い気合を発したのだ。その刹《せつ》那《な》、染谷めがけて闇の中から匕首が突き出された。

ひと突きで、染谷の身体を抉《えぐ》るほどの強さをはらんだ突きだ。染谷はわずかに腰をひいて、匕首の刃先をかわした。

獲物に逃げられて、匕首がよれた。染谷は風呂敷包みを持った左手を大きく振った。

「グフッ」

男のひとりがうめき声を漏らして、その場に崩れ落ちた。

染谷が持参している治療道具の箱は、角を鋲《びょう》打ちした樫の小箪笥である。拵《こしら》えたのは、越後高田の船箪笥職人だ。

引き出しには、寸分の隙間もない。この樫箱を抱えたまま堀に落ちたら、浮き輪代わりに水に浮く造りだった。

角に打たれた鋲は、石壁にぶつけても箱を傷めないほどに頑丈である。染谷は手加減しながらも、鋲打ちの小箪笥で男の顔面を捉えたのだ。

年寄だと見て、男は染谷をなめていた。反撃されるなどとは、思いもしなかっただろう。いささかの備えもなく、堅い道具箱で顔を打たれた。

「この、くそじじいが」

「もう手加減はしねえ」

思いもしなかった反撃を受けて、残りのふたりがたけり狂った。その怒りが、匕首遣いの玄人に隙を生じさせた。

閉ざしていた口を、つい開いていた。それで、おのれの立ち位置を草次郎と染谷に知らせた。

草次郎は、傘と荷物を草むらに置いた。

ゆっくりとした動きのなかに、隙を見つけたのだろう。男のひとりが、草次郎に向かって匕首を突き出した。

草次郎が見せたのは、相手の動きを誘い出すために、わざと拵えた隙だった。

匕首が突き出されると同時に、草次郎は身体の向きを変えた。そして、男の腕を両手で摑んだ。

「てめえ、なにしやがんでえ」

言わずもがなのことを、男が怒鳴った。草次郎は取り合わず、腕を摑んだまま、自分の右膝を持ち上げた。その膝に、男の腕を叩きつけた。

長い悲鳴が、男からこぼれ出た。しゃがみ込んだ男の股間に、草次郎はほどほどに強い蹴りを入れた。骨が折れた痛みを、股間の激痛が上回ったのだろう。

男は息を詰まらせてひっくり返った。

残るひとりは、染谷に匕首を向けていた。刃先をゆらゆらと揺らしているが、突き出す隙が見《み》出《いだ》せないらしい。

草次郎は染谷に加勢するでもなく、ゆっくりとした動きで傘と荷物を手に取った。そのあとで、染谷のわきに並び立った。

「どうしましょうか」

目が慣れてきた草次郎は匕首を手にした男を見据えたまま、穏やかな声で染谷に問いかけた。

「このうえ手荒なことをしても、詮《せん》無いだけだろう」

気負いのない物言いだが、染谷は匕首を手にしている男の技量を見切っていた。

「先生がそう言ってるんだ」

草次郎は、男に向かって一歩を踏み出した。刃先が草次郎に向いたが、突き出す気配はかけらもなかった。

「倒れているふたりを連れて、とっとと深川から出て行ってくれ」

草次郎がさらに一歩を踏み出した。匕首の刃先が揺れながら、後ずさりをした。

「活を入れてやりなさい」

染谷が落ち着いた物言いで、草次郎に指図をした。

「分かりました」

しっかりとうなずいた草次郎は、ふたたび荷物と傘とを草むらに置いた。匕首を持つ男が怯えたらしい。

「近寄るんじゃねえ」

刃先を大きく揺らしながら、甲高い声で怒鳴った。草次郎は男を見ようともせず、腕をへし折った男に近寄った。悶絶《もんぜつ》して仰向けになっている男を起こし、草次郎は背中に活を入れた。

息を吹き返すと同時に、骨折の痛みがぶり返したようだ。

「いてえ……」

草むらに座り込んだまま、うめき声を漏らした。

「仲間を立ち上がらせてやれ」

匕首の男に指図をしてから、草次郎は残るひとりの背後に回った。染谷から道具箱の一撃を受けて、気絶した男である。首筋を摑んで起こしたあと、草次郎は手加減なしの活を入れた。

樫の箱で打たれた男は、わずかの間に顔面が大きく腫れていた。息を吹き返したあとは、右手で顔面をさすりながら飛び起きた。

「おとなしく深川を出て行くなら、このうえの詮議はせぬぞ」

染谷の言葉が終わらぬうちに、男たちは土手を下りた。駆け上ってきたのとは大違いで、雨に濡れた草に足を取られた。

滑った拍子に、折れた腕を地面にぶつけたのだろう。一段と甲高い悲鳴を発した。

「うるせえ、ぴいぴい泣くんじゃねえ」

無傷の男が、骨折男の口を塞《ふさ》いだ。

大横川の川面を、降り続く雨が叩いている。闇に包まれた川が、強い雨音を立てていた。

二

三人の襲撃を受けた翌日。六月十六日は梅雨の中休みとなり、夜明けから晴れた。

とは言っても、夜半まで雨は残っていたのだ。夏の朝日を浴びてはいるが、十六日朝の地べたは、たっぷりとぬかるみを残していた。

明け六ツ（午前六時）の鐘とともに、江戸中の町木戸が開かれる。深川では各町の木戸とともに、掘割に構えられた『川木戸』も開かれた。

雨続きで、川は茶色く濁って増水している。川船の船頭の多くは棹ではなしに、櫓《ろ》を使って船を操っていた。

六月十六日、明け六ツ過ぎ。朝日に照らされて、川面はキラキラと光っている。久しぶりの晴天を喜んでいるのか、どの船頭も顔をほころばせている。

「ひい、ふう、みい、よう」

定まった調子で数を数える染谷が、全身に朝の光を浴びていた。前夜の荒事などなかったかのように、染谷の動きには心地よさそうな弾みが感じられた。

「そんな動きを続けて、おまえの足元は大丈夫なのか」

身体をほぐす染谷に並びかけた昭年は、足元のゆるさを案じていた。染谷の顔には、心外だという色が浮かんだ。

「鍛錬次第では、座布団からはみ出さずに居合いを遣うこともできるぞ」

大横川に身体を向けたまま、染谷が応じた。身体を大きく動かしているのに、息遣いに乱れがない。

「何度もそれは聞いた」

歳を重ねるごとに、昭年は負けん気が強くなっている。染谷に軽くいなされたのが口惜しくて、憎まれ口をきいた。

相手の気性が分かっている染谷は、取り合わずに身体をほぐし続けた。それがまた、昭年には気にいらないのだろう。腕を振り回している染谷の前に、ずかずかと乱暴な足取りで回り込んだ。

うっ……と息を詰めて、染谷は振り回していた腕を止めた。

「ぶつかったら怪我をするぞ」

「なにを小癪《こしやく》なことを」

昭年は、あごを突き出した。

「おまえの腕が、おれの肩に届くわけもないだろうが」

歳は二人とも六十だが、身体の動きは染谷のほうが敏捷だった。

武道の鍛錬は、染谷のほうがはるかに熱心だったがゆえである。

しかし五尺七寸（約百七十三センチ）の昭年は、背丈では五寸（約十五センチ）も染谷に勝っている。おのれの旗色がわるくなったときは、上背の差を持ち出して染谷をへこませようとした。

染谷もいい歳をしていながら、昭年の挑発には律儀に応じてしまう。上体をふわっと伸ばすと、目にもとまらぬ速さで昭年の肩に右手を載せた。

「わしの勝ちだ」

「なにが勝ちだ、ばかばかしい」

昭年が言葉を吐き捨てたとき、染谷の治療院から太郎が顔を出した。染谷の連れ合いである。

「まったくふたりとも、いい歳をしていながら……」

太郎は呆れ果てたという目で、ふたりを交互に見た。

「みんなから名医だと称《たた》えられている先生ふたりが、そんなこどもじみた振舞いに及ぶと知られたら……」

「みなまで言うな」

連れ合いの口を抑えた染谷は、昭年の肩から右手をどけた。

「茶がはいったのか？」

太郎は小さくうなずいた。

「昭年さんの分も、しっかりといれさせてもらいましたから」

「それはありがたい。さすが太郎さんだ」

昭年は、五寸低い染谷を上から見下ろした。

「すぐに競い合おうとする染谷とは、大分にできが違う」

「昭年さんっ」

またもや口で挑発を始めた昭年を、太郎がきっぱりとした口調でたしなめた。

「すまん」

昭年が素直に詫びた。太郎は今年で六十一、ふたりよりも年長である。あたまをかく昭年の顔を、久しぶりの朝日が照らしていた。

三

太郎がいれた茶は、熱々の焙じ茶だった。

「美味い茶だ」

「茶をいれてきた歳月の長さが、そこらあたりの素人とは違う」

ものを自慢することのない染谷が、めずらしく胸を張った。連れ合いの茶を誉められたのが、よほどに嬉しかったのだろう。

太郎の両目に、面映《おもは》ゆげな色が浮かんだ。辰巳芸者時代、太郎は茶のいれ方を検番の女将から厳しくしつけられた。すでに五十年近い昔のことだが、若い時分に会得したことは六十を過ぎても身体が覚えていた。

「どうぞ、これを」

照れ隠しをするかのように、太郎は茶請けの入った小鉢を卓の真ん中に出した。茶請けは、刻んだたくわんである。

たくわんは、昭年も染谷も大好物である。しかしふたりとも、歳とともに歯が弱くなっていた。いまは、ひと切れを前歯で嚙み切ることができなかった。

「嬉しい茶請けだ」

昭年は目元をゆるめて、刻みたくわんに箸を伸ばした。たくわんには、刻み大葉と、炒りゴマがあしらわれていた。

「いつに変わらず、美味い茶だ」

染谷がしみじみと誉めた。昭年も神妙な顔でうなずいた。

「なんですよ、あらたまって。さっきまでは、あんなにふたりで張り合っていたのに」

染谷も昭年も、太郎と目を合わさぬように土間を見た。十坪の広い土間には、焚き口三つのへっついが二基も据えつけられていた。患者の治療時、いつでも湯を給するための備えである。

明け六ツから間もないいまは、まだへっついに火は入っていない。その代わりに、土間の真ん中には炭火の熾《お》きた七輪がふたつ置かれていた。

ひとつには土瓶が、もうひとつの七輪には土鍋が載っている。土鍋のふたの小穴からは、強い湯気が噴き出していた。

「昭年さんも一緒に食べませんか」

「太郎さんところは、朝飯にかゆを炊いていたのか」

土鍋から噴き出す湯気には、米が炊かれる特有の香りが含まれていた。

「玄米がゆですけど、いかがですか」

「ありがたい。かゆは好物だ」

昭年は相好を崩して、太郎の誘いを受け入れた。

梅干。塩昆布。アサリとしいたけの佃煮。四種の小鉢が卓に載せられた。

「朝からしいたけの佃煮とは、随分と豪勢じゃないか」

かゆに添えるおかずの多さに、昭年は真顔で驚いた。

「ゆうべ、野島屋の内儀からいただいた土産物だ」

「野島屋とは……おまえは、あそこに出入りをしていたのか」

野島屋は、深川でも指折りの大店である。昭年がいぶかしげな声で問いかけた。

「あちらの手代さんに、押しかけられての。仕方なく往診をしたまでだ」

染谷が大店の往診を好まないことは、だれよりも昭年が知っていた。

「なにか仔細があったらしいな」

「ああ、あった」

茶碗のかゆを食べ終えたあと、染谷は昨夜の顚末《てんまつ》を昭年に話した。野島屋からの帰り道に、三人組の襲撃を受けたことも話した。

「そんなことがあったんですか」

昨夜の仔細を、太郎はこのとき初めて耳にした。雨の夜更けに帰ってきた染谷は、襲撃を受けた一件はなにも話さなかった。夜遅くに、太郎を心配させたくなかったからだ。

染谷が匕首で斬りかかられていたと知って、太郎は息を吞んだ。

「野島屋の草次郎という男は、大した技量の持ち主だった」

「そんなに強いのか」

「あっさりと、賊の腕をへし折ったからの」

「腕をへし折るだなんて……」

太郎があからさまに顔をしかめた。

「草次郎があの荒業を見せたればこそ、賊は引き下がった」

こわばった顔の太郎に、染谷は嚙んで含めるような物言いで話を続けた。

「さもなくば、手負いとなったあの者たちの反撃で、こちらも怪我を負ったやもしれぬからの」

言い終えた染谷は、土間から立ち上がった。戻ってきたときには、鈍い光を放つ匕首を手にしていた。

「これを見てくれ」

受け取った昭年は、土間を出て朝の光にかざした。研ぎ澄まされた匕首の刃は、軽く触れただけでスパッと切り裂かれそうだった。

「大した刃物だの」

戸口に立ったまま、昭年は刃物の鋭利さに感心していた。

「草次郎に痛めつけられた賊が、取り落とした匕首だ」

「こんな刃物を用意していたとは……まさしく、油断のならない連中だったの」

匕首を見て賊の凄さを感じ取ったのだろう。昭年は軽く吐息を漏らした。

「匕首の柄《つか》を見てくれ」

「おまえが言いたいのは、この柄にほどこされた細工のことか」

昭年も柄の細工に気づいていた。

匕首の柄は、桜材である。柄のなかほどには、銀細工の龍が埋め込まれていた。

朝日を浴びて、銀の龍が鈍く光った。あたかもいぶし銀のような、落ち着いた光を放っていた。

「その龍に見覚えはないか」

問われた昭年は、考え込むような顔つきになった。が、思い出すことができないようだ。

「見たような気もするが……」

昭年は言葉を濁した。

「あんたと一緒に、日本橋まで出向いただろうが」

「野田屋のことか」

戸口に立った昭年を見て、染谷はしっかりとうなずいた。

「あのとき会った番頭だが」

「善之助という名前だった」

昭年は、野田屋の番頭の名前をはっきりと覚えていた。

「あの番頭が持っていたキセルの火皿に、同じ龍が彫られていたぞ」

染谷は、迷いのない物言いで言い切った。

「そうか……たしかに、そうだった」

得心した昭年が、匕首を揺らした。

光を浴びた刃が、照り返しを土間に投げ入れた。

「あの番頭の差し金か……」

昭年は、ひとりごとのようなつぶやきを漏らした。手にした匕首を何度も上下に振った。刃が揺れて、土間を朝日が走り回っていた。

漏れ脈

一

六月十六、十七日と続いた梅雨の中休みは、十八日の朝になっても途絶えなかった。

永代寺が、明け六ツ（午前六時）の鐘を撞いていた。まだ本鐘が五打目を撞いているときに、大川の河口の彼方から大きな朝日が顔を出した。

長雨が降り続くさなかの空には、分厚い雲がべたっとかぶさっている。ゆえに天道《てんとう》が顔を出すことはなかったし、その大きさも分からない。

ところが梅雨が中休みに入ると、夜明けの空を天道が橙色《だいだいいろ》に染め替えた。光は強いし、天道は途方もなく大きい。

夜明けからすでに凄みをはらんでいる天道は、まぎれもなく夏の顔をしていた。

陽は昇るにつれて、光の帯を深川にも伸ばしてきた。

「しじみいいい、しじみっ」

佃町《つくだ》の六兵衛《ろくべえ》が、枯れた喉で売り声を口にしている。潮焼けした顔が、朝日を浴びて輝いていた。

「しじみいいいい……」

六兵衛が売り声を長く引っ張ると、顔に刻まれた深いしわが動いた。朝の光は、しわの奥まで照らしていた。

染谷の治療院前を通り過ぎた六兵衛は、裏手の大横川へと向かった。染谷が毎朝、河岸で身体を伸ばしていることを、六兵衛は知っていた。

しじみいいい……と声を張ったら、頭上に手を伸ばしたままの形で、染谷が振り返った。

「相変わらず、いい声だの」

「しじみを売って、五十年だからよう」

今年で六十三歳の六兵衛は、染谷よりも年上である。売り声を誉められて応ずる物言いには、遠慮がなかった。

「五十年とは大したものだ」

染谷は、心底から感心したという口ぶりで六兵衛を見た。天秤棒を担いだまま、六兵衛が染谷に近寄った。

「どうされた、六兵衛どの。なにか、わしに用があるのか」

六兵衛の顔つきを見て、染谷はなにかわけがありそうだと察した。

「さすがは先生だ、勘がいい」

真顔で染谷を誉めてから、六兵衛は用向きに入った。

「先生は、野島屋のかみさんを知ってるじゃろうが」

大店の内儀を、六兵衛はかみさんと呼んだ。跡取り息子の治療で、染谷は野島屋に出向いている。当主の仁左衛門とも、内儀の菊乃とも顔を合わせた。

「よくは知らぬが、それがどうかしたのか」

「わしが先生から鍼の治療を受けていることを、なぜか野島屋のかみさんは知っておってのう」

「知られても、別段に不都合なことはあるまいが」

「それはそうだが……」

六兵衛は天秤棒を肩から外し、しじみの入った盤台を地べたにおろした。

「相手は野島屋のかみさんだからよ。長屋の女房連中とは、わけが違う」

荷物をおろして身軽になった六兵衛は、野島屋の内儀から声をかけられた顚末を話し始めた。


野島屋は、年商一万両を超えようという米問屋の老舗である。当主一家が暮らす奥には、店とは別に女中が雇われていた。

日々の暮らしの買い物や、担ぎ売りとのやり取りなどは、すべて奥付きの女中の役目である。

野島屋のような大店《おおだな》の内儀が、担ぎ売りを相手に話をするなどありえないことだ。

ところが菊乃は、六兵衛がしじみを売りにくるのを待っていた。のみならず、六兵衛が染谷の鍼治療を受けていることまでも知っていた。

「染谷先生の鍼で、六兵衛さんはなにを治されたのですか」

内儀から問われた六兵衛は、驚きつつも染谷の鍼がいかに膝の痛みに効いたかを話した。担ぎ売りを続けているうちに、六兵衛は膝がうまく曲がらなくなった。

仲町の薬屋で塗り薬を買い求めて、膝とふくらはぎにせっせと塗った。いっときは痛みが和《やわ》らいだが、歩くとたちまち激痛がぶり返した。

しじみ売りを二日続けて休んだ。三日目に顔を出したとき、染谷の内儀の太郎が心配顔で様子をたずねた。

「膝が痛くて、動けなくなったんでさ。わしももう、歳かねえ」

「膝の痛みなら、うちのひとの鍼がよく効くから」

太郎の計らいで、六兵衛はその日のうちに染谷の治療を受けた。

「こいつあ、驚いた。まるで痛みがなくなっちまった」

四日おきに七回の鍼治療を受けて、六兵衛の膝は完治した。その次第を話すと、菊乃は六兵衛のほうに身を乗り出した。

「染谷先生の鍼は、足が痛くて歩けない者にも効くのでしょうか」

「そいつあ、わしには分からねえ。おかみさんがじかに、染谷先生に訊きゃあいいでしょうが」

「そうですね……」

菊乃は、歯切れのわるい返事をした。そのときの顔つきが気がかりで、六兵衛は染谷にことの顚末を話しにきたのだ。

「一度、先生のほうから声をかけてやってもらえねえかい」

朝日をまともに浴びている六兵衛は、まぶしそうに目を細くした。

野島屋の跡取り息子の治療を、染谷は引き受けていた。が、そんなことを六兵衛に話すわけにはいかない。

「折りがあれば、そうしてみよう」

「そんなことを言ってねえで、ぜひにもおかみさんの頼みてえのを、聞いてやってくんねえな」

野島屋のおかみさんは、相当に思い詰めたような顔をしてた……六兵衛は言葉を重ねて、菊乃の話を聞いてやってほしいと頼み込んだ。

「遠からず、折りもあるだろう」

染谷はそう言うに留《とど》めたが、両方の目は踏み込んだ答えを六兵衛に伝えていた。

「よろしくお願えしやす」

染谷の目を見た六兵衛は、いつになくていねいな口調である。染谷は、きっぱりとうなずいた。

「これをおかみさんに渡してくれ」

盤台からすくったしじみを、染谷に差し出した。なにも器を持っていない染谷は、両手で受け取った。

「梅雨どきのしじみは、目一杯にうめえからよう」

六兵衛は、すっかりいつもの口調に戻っていた。

二

梅雨の晴れ間は、十八日で終わった。

六月十九日は、朝から強い雨降りとなった。中休みで降りどきを見失っていた雨が、帳尻合わせをするかのように強く降った。

小名木川と大川とが交わるたもとには、万年橋が架かっている。その橋の南のたもとには、灘《なだ》の下り酒を扱う問屋、大木屋が建っていた。

間口は五間で、問屋としては小さな身代である。が、灘の『福寿正宗《ふくじゅまさむね》』を江戸で扱うのは大木屋だけだ。辛口の酒は、江戸の粋人たちの間では根強い人気があった。

この大木屋が、菊乃の実家だった。

いまは菊乃の弟が六代目当主を継いでいる。菊乃の父親五代目は、没して今年で五年だ。母親の吉江《よしえ》は足を痛めて、去年の暮れから一歩も外出ができないでいた。

六月十九日の八ツ（午後二時）下がり。染谷は菊乃のたっての頼みを聞き入れて、吉江の治療に出向いていた。

「どうもわざわざ、足元のおわるいなかをご足労いただきまして」

膝を痛めている吉江は、正座ができない。寝ているか、腰掛に座っているかのいずれかである。

この日に染谷が往診することを、吉江は野島屋からの使いで知らされていた。

「寝たままでは、先生に無礼です」

吉江は身づくろいを整えたうえ、腰掛に座って染谷を迎え入れた。

「先生の治療を待っている方は、数多くいらっしゃるでしょうに」

「おりますな」

染谷は返事をはぐらかさなかった。

「それなのに、わたくしのような者のところに、わざわざ往診してくださいまして……」

吉江は言葉だけではなく、本心から染谷の往診に恐縮していた。

「治療を求める患者に、分け隔てはありませんでの。遠慮は無用です」

染谷にきっぱりと言われて、吉江は気分が楽になったらしい。ふうっと安堵の息を漏らした。

「治療に入るまえに、脈を診させていただきましょう」

吉江は染谷より六歳も年上だった。ていねいな物言いをしたら、吉江がひどくうろたえた。

「歳こそわたくしが上ですが、こちらは治療をしていただく者です。なにとぞ、そのようなていねいな物言いはなさらないでくださ い」

吉江に懇願された染谷は、静かにうなずいたあとで、脈を診ようとして吉江の手首を握った。

半年以上も、吉江はほとんど寝たきりで過ごしている。握った右の手首は、ほぼ骨だけの細さだった。

染谷は親指の腹を血筋に当てて、触診を始めた。脈が細くて、聞き取りにくい。

「そちらの手を出してくだされ」

吉江に反対の手を出してもらった。右の手首よりは、心もち、太いように思えた。

「母は、左利きです」

染谷は、菊乃の言葉を思い出していた。


六月十八日は、八ツ半（午後三時）で患者の治療に一区切りがついた。

「野島屋さんに出向いてみる」

染谷の言ったことを聞いて、太郎が顔をほころばせた。菊乃が染谷と話をしたがっていることを、六兵衛は太郎にも話していた。

野島屋に出向くと、菊乃がみずから奥の玄関で染谷を出迎えた。

「陽太郎の容態を診させていただこう」

染谷の治療が効を奏して、陽太郎は見違えるほどに血色がよくなっていた。

「あと何度かの我慢をすれば、すっかりよくなるぞ」

言葉で元気づけをしながら、染谷は小さな灸《きゅう》を陽太郎のツボにすえた。こめかみと、鼻の両脇の二ヵ所は、おとなでも声を漏らすほどに熱いツボである。

陽太郎は、あと何度かの我慢という染谷の言葉に励まされて、熱さを我慢した。

「大したもんだ。おまえのように我慢強いこどもは、ざらにはおらんぞ」

灸が終わったあとも、染谷は陽太郎を誉めた。まだ十歳のこどもには、誉め言葉がなによりの特効薬だ。

「ありがとうございました」

礼を言ったときの陽太郎は、長屋の悪がきどもよりも元気で、腕白そうに見えた。

「ありがとう存じます」

陽太郎の快復が嬉しい菊乃は、気持ちのこもった礼を伝えた。供された鈴木越後の干菓子を染谷が食べ終えたとき、菊乃が居住まいを正した。

「折り入ってのお願いがございます」

菊乃が話し始めたのは、実家の母への往診依頼だった。

「母は名を吉江と申しまして、今年で六十六です。父が亡くなったあとも、容態を訴えることもなしに息災だったのですが、膝を痛めてからは、めっきりと気弱になりまして臥《ふ》せってばかりのようで……」

好き勝手に歩けなくなったことが、吉江を気弱にさせていた。ほとんど寝たきりだと聞いて、菊乃は母の様子が気がかりで仕方がなかった。

しかし野島屋の嫁である立場を思えば、実家が近いとはいっても勝手に帰ることもできない。なにより、ようやく授かった跡取りの陽太郎が体調を元に戻すまでは、実家の母の心配などはできる道理もなかった。

とはいえ、やはり気にかかる。

どうしたものかと悶々としていたとき、陽太郎への染谷の治療が始まった。陽太郎に対する治療が見事で、菊乃はすっかり染谷を信頼した。

ひとたび信ずると、いままで聞こえなかった染谷の評判が幾つも耳に入ってきた。

毎日、野島屋にしじみを売りにくる六兵衛が染谷の治療を受けていたという話は、女中から聞かされた。

「痛くて曲がらなくなっていた六兵衛さんの膝が、染谷先生の鍼で、すっかり治ったそうです」

膝が完治したと聞いた菊乃は、みずから六兵衛と話す気になった。そして、染谷の耳に入るように……六兵衛を煽《あお》った。

「なにとぞ、母のもとに往診いただけますよう、お願い申しあげます」

菊乃は染谷を正面から見詰めて、頼みを口にした。

「明日の八ツ過ぎに、大木屋さんにうかがわせていただこう」

野島屋当主に遠慮しながらも、実母の容態が気にかかって仕方がない……菊乃の胸中を察した染谷は、翌日の往診を引き受けた。

診るなら、一日も早く。

染谷がそう決めたのは、菊乃の話を聞いている途中から、説明のつかない、妙な胸騒ぎを覚えたからだった。

吉江の脈を診ているうちに、染谷の口元が堅く引き締まった。右手、左手、右手、左手と、染谷は両方の手首を握って二度ずつ、都合四度も脈を診た。

「わたくしは、もういけませんのね」

吉江は、気負いのない物言いで問いかけてきた。物静かだが、ごまかしの返答は受けつけない強さがあった。

「いままでに、診たことのない脈です。わたしには、返事のしようがありません」

そう答えるのが、染谷には精一杯だった。

「返事は、あなたのお顔に書いてあります」

吉江は染谷の言葉を弾き返した。

「おとといから、何度もわたくしの連れ合いが夢に出てきます。何かの前触れかと思ってはいたのですが……」

吉江は、顔つきをあらためて染谷を見た。

「足を楽にしていただいてから旅立ちたいのですが、間に合いますか？」

「鍼治療のことでしたら、間に合います」

「それはよかった」

吉江の顔に、心底からの笑みが浮かんだ。染谷は大木屋当主に診立てを話してから、吉江の治療に戻った。

大木屋の小僧が、本降りの雨のなかを野島屋へ向かって駆け出した。跳ねがあがっても、小僧は駆け足をゆるめなかった。

三

吉江の居室に飛び込んできた菊乃は、雨具もつけてはいなかった。

菊乃の後ろには、野島屋仁左衛門と、陽太郎が座っていた。

「こんな雨の中を、わざわざお揃いで……」

うつ伏せになったまま、吉江は常人以上にしっかりとした物言いで応じた。

「おかあさん……」

呼びかけた菊乃の声が震えていた。

野島屋仁左衛門は、強く咎《とが》めるような目を染谷に向けた。吉江の様子が、危篤でもなんでもないように見えたからだろう。

染谷はそんな視線には取り合わず、吉江の鍼治療を続けた。

人差し指でツボを押したあと、細い鍼を打つ。ツボに鍼が入ると、吉江が細い声を漏らした。

うっ……。

あっ……。

どの声にも、苦痛の響きはまるでなかった。ないどころか、短く漏らした声は、どれもが心地よさそうである。

背中と両足に、二十本の鍼が刺さっていた。

「こんなに足が楽になったのは、ずいぶん久しぶりのことです」

「灸をすえれば、さらに楽になります」

染谷はもぐさを線香のような細さに丸めると、吉江のツボにすえ始めた。

灸と鍼とが、互いに響きあっているのだろう。刺された鍼の周りが、桜色に色づき始めていた。

「こんなに心地よくなったのは、あのひとが逝ってからは初めてのことです」

心底から心地よさそうだが、物言いから力が急ぎ足で失せていた。

染谷は灸を中断した。そして、身体に刺した二十本の鍼をすべて抜いた。

大木屋の商売ものの福寿正宗を綿に浸し、染谷は吉江の身体をきれいに拭った。

小さくあいていた、鍼の穴がすっかりふさがった。

「着物を着ていただいて結構です」

染谷の声で、吉江は身体を仰向けにした。仁左衛門と陽太郎は、身体の向きを変えて目を逸《そ》らした。

「おかあさん、肌の色がきれい……」

母親の身づくろいを手伝いながら、菊乃は吉江の肌に手を触れた。吉江は、娘の手におのれの手のひらを重ねた。

言葉はなくても、母と娘は思いが通じ合っている。互いに見詰めあっているうちに、ふたりの目から涙が溢れ出した。

染谷はなにも言わず、やさしい眼差《まなざ》しで吉江を見詰めた。

「なんだか、立ち上がれそう……」

吉江が立ち上がる素振りを見せた。孫の陽太郎が、すぐさま肩を貸した。

「ありがとう、陽太郎」

娘と孫の肩に手をおいて、吉江は立ち上がった。部屋の外で様子を見ていた大木屋当主が、信じられないという顔つきになっている。

「自分の足で立っていられるのは、ほんとうにいい気分です」

吉江は座ったままの染谷に、何度も何度も礼を言った。

「大した気力です。並の男では、とてもかないませんぞ」

「お上手なことを……」

言っている途中で、吉江は燃え尽きた。

膝が折れて、そのままくずおれた。

「おかあさん」

部屋に飛び込んできた息子が、吉江を抱きかかえた。

「おかあさん……おかあさん……」

呼びかけても、答えはなかった。

染谷は吉江の枕元に座り、脈がないのを確かめた。

「ご臨終です」

染谷の宣告を、菊乃は気丈にも涙を流さずに受け止めた。涙はすでに、吉江とともに流していた。

吉江の顔には、まだ白布もかぶせられてはいない。それほどに、吉江は急に旅立った。

「先生からお知らせをいただかなければ、とても母の死に目には会えませんでした」

菊乃は、いささかも取り乱さずに染谷に礼を伝えた。

「どうして先生には、これほど見事に母の寿命が尽きるとお分かりになったのでしょうか」

大木屋六代目が、背筋を張って染谷に問いかけた。吉江の枕元に座っているだれもが、六代目と同じように、答えを知りたがっている。幾つもの目が、染谷に向けられていた。

「脈が死脈を打っておったがゆえです」

「死脈ですと？」

野島屋仁左衛門が、この場には不釣合いに甲高い声を上げた。それほどに、染谷が口にした死脈という言葉は強かった。

「生まれて初めて、死脈なる言い回しをうかがいました」

声の調子を元に戻した仁左衛門は、染谷のほうに膝を詰めた。

「わたしのような素人にも分かるように、死脈のことを教えてくだされ」

教えを請いながらも、仁左衛門の物言いは大店の当主そのものだった。染谷は仁左衛門の物言いには気にとめず、菊乃を見詰めて話を始めた。

「紙風船に息を吹き込むと、どういうことになりますかな」

「勢いよく吹き込めば、強い調子で風船は膨らみます」

「まさにその通りだ」

染谷は強く息を吸い込み、そして吐き出した。それを二度繰り返してから、話に戻った。

「吉江どのの脈は、風船から空気が抜けるような調子でござった。トン、トンと心ノ臓の鼓動に合わせて、脈は打っておる。ところがその脈は長くは続かず、すうっと空気が漏れるように、脈も漏れてしまっておった」

死脈の種類は全部で七脈あると、染谷は話を続けた。

「わしが診てわかるのは、漏れ脈のほかにはふたつぐらいだ。それ以上は分からぬ」

染谷が口を閉じると、座敷が静まり返った。

口を開いたのは、野島屋仁左衛門だった。

「染谷先生がいらっしゃったことで、まさしく菊乃が申しました通り、こうして死に目に会うことができました」

仁左衛門の物言いが、すっかり変わっている。横柄さが失せて、染谷への敬いが色濃く出ていた。

「しかも死に目に会えただけではなく、当人が喜びながら、残る者に別れを告げました。ひとを生かすと同様に、正しく寿命を告げることは、まことの名医にのみ、できることでしょう」

仁左衛門が深々とあたまを下げた。枕元の全員が、仁左衛門に続いた。

目を閉じた吉江も、染谷に礼を伝えているかのような、安らかな顔をしていた。

関元《かんげん》に問う

一

菊乃の実母吉江の寿命を、染谷は見事に診立てた。その夜以来、野島屋仁左衛門の様子が激変した。

「染谷先生はどうしておられる」

「先生のもとに、香典返しなどはきちんとお届けしたのか」

ふたこと目には、染谷の名を口にしはじめた。それも心底からの敬いを込めて、染谷先生と呼ぶのだ。

「あれほど素直な物言いで、ひとを認める旦那様は……これまで、一度も見たことがございませんです」

奉公人の何人もが、番頭の勇三郎に驚き顔を見せた。

「よそに行って、うかつなことを言うんじゃない」

「滅多なことを言いなさんな」

手代らの口をたしなめつつも、番頭の勇三郎当人が同じ思いを抱いていた。

奉公人の目も耳もはばからずに、染谷先生、染谷先生と、名を口にする。それほどに、仁左衛門は染谷の力量と人柄に感服していた。

吉江の初七日が明けた、六月二十七日。この日も朝から梅雨の雨が降り続いた。雨に打たれ続けた深川の地べたは、どこもひどいぬかるみになっている。

そんな道を、五尺七寸（約百七十三センチ）も上背のある男が、染谷の治療院に向かって歩いてきた。

「ごめんください」

男は野島屋の手代草次郎である。歯の高さ二寸（約六センチ）の高下駄を履いていた草次郎は、六尺に届きそうだった。

雨降りの八ツ（午後二時）下がりで、患者が途切れたところだ。手のあいていた染谷は、草次郎を治療室に招きいれた。

「息災のようじゃの」

「先生にもお変わりはございませんようで、なによりでございます」

去る六月十五日の夜、ふたりは大横川の土手で、賊の襲撃を受けた。雨のなかで染谷と草次郎は、苦もなく賊を退治した。

あの夜から、さほどにときが過ぎているわけではない。が、ふたりは互いに、相手の達者を喜んでいた。

「今日は番頭の勇三郎から、折り入ってのお願いを言付かってまいりました」

草次郎の物言いは、ことのほかていねいである。困惑の色を濃く浮かべた草次郎を見て、染谷はからかうような笑みを浮かべた。

「番頭さんというよりは、元は仁左衛門どのから出た用向きではないのか」

「てまえの顔には、そんなことが書いてございますので」

図星をさされた草次郎は、声の調子を一段落とした。甲高い声を出さないところに、草次郎の修練の深さがあらわれていた。

「やはりそうか」

「はい」

ふたりは、短い言葉のやり取りだけで分かり合っていた。


この日の朝、番頭の勇三郎は仁左衛門の居室に呼ばれた。

「ぜひにも染谷先生にお越し願いたいのだが、なにか手立てはないか」

唐突に切り出された勇三郎は、返事に窮した。染谷を招く手立てといわれても、さほどに付き合いはなかったからだ。

「染谷先生のことでございましたら、御内儀さまのほうがお詳しいかと存じますが」

「そんなことは、分かっている」

仁左衛門は苦りきった顔つきを見せた。

「あれはまだ、大木屋の大内儀さん逝去の痛手を負ったままだ」

実母の初七日が明けたいまでも、菊乃の表情には大きな陰があった。ひとに会うのも億劫らしく、ほぼ終日、居室に閉じこもっている。染谷を呼び出してほしいと菊乃に言いつけることは、できそうになかった。

とはいえ菊乃の様子うんぬんは、たとえ番頭といえども当主が奉公人に話すことではない。仁左衛門があえて口にしたのは、番頭を深く信頼していたがゆえである。

「それではいっそのこと、旦那様が染谷先生のもとに出向かれるのは、むずかしゅうございますので?」

「相手の都合もきかずに出向いたりすれば、治療の邪魔になるばかりだ」

なにごとも念入りに調べを進めるのが、仁左衛門の流儀である。勇三郎に話をする前に、仁左衛門はひとを使って染谷の様子をうかがわせていた。

「あすこにはひっきりなしに、患者が押しかけておりやす」

いきなり出向いても、染谷に会うのもむずかしいだろうと差し向けた者は答えた。それを聞いたがゆえに、仁左衛門は番頭に相談を持ちかけたのだ。

「それでは、てまえがまいりましょうか」

「いや、それは差し控えよう」

野島屋は、一年の商いが一万両を超える大店だ。そこの番頭が出向いたりしては、当主が顔を出すのと同じほどに、相手には押しつけがましさを感じさせる。

「手代のなかに、染谷先生と心安い者はいないのか」

「手代と申しましても……あっ、ひとりおります」

勇三郎は手を叩いた。去る十五日の夜、野島屋から戻って行く染谷の供に、草次郎をつけたことを思い出したからだ。

「それでは、すぐさま」

立ち上がろうとした勇三郎を、仁左衛門は押しとどめた。

「八ツ下がりになるまでは、先生のもとには患者が引きもきらずに押しかけている。差し向けるのは、八ツ過ぎにしなさい」

指図をきいた勇三郎は、あらためて仁左衛門の抜かりのなさを思い知った。


「わしが言付けを聞き入れないと、あんたの立場がわるくなるのか」

「そのことなら、一切ご斟酌《しんしゃく》いただくには及びません」

あくまでも染谷の都合次第だという。おのれの立場がどうこうなどと、草次郎はまるで気にしている様子はなかった。

「今日はもう、患者はこないでの」

草次郎を治療室から出したあとで、染谷は手早く外出の支度を始めた。

陽太郎と菊乃の様子を診るか……。

外は相変わらずの雨模様だ。染谷は鍼灸道具を、雨天用の桐箱に移し替えた。傘を片手に持つ雨の日は、軽い桐箱のほうが好都合だ。

箱を油紙でしっかりと包んだのちに、染谷は桐箱を風呂敷で包んだ。

二寸歯の高下駄を履いた染谷と草次郎が、傘をさして歩き始めた。草次郎は野島屋の屋号の描かれた、こげ茶色の番傘だ。

染谷が手にしているのは、日本橋吉羽屋で誂《あつら》えた黒い蛇の目である。辰巳芸者の時代から、太郎と弥助は、傘を吉羽屋で誂えた。

「傘のぜいたくだけは、灰になるまで続けますから」

連れ合いの言い分を、染谷も昭年も受け入れた。黒い蛇の目をさした染谷は、跳ねもあげずに、若い草次郎を従えて歩いている。

足取りは、とても還暦過ぎとは思えない軽さだった。

二

染谷と仁左衛門が向かい合わせに座ったのは、七ツ（午後四時）の鐘が鳴り始めたころである。陽太郎と菊乃の治療に、染谷はおよそ半刻（一時間）を費やしていた。

梅雨の雨が、途切れなく庭石を叩いている。開かれた障子戸越しに、庭が見えた。雨天の七ツ過ぎは、庭もすでにほの暗くなっている。が、生垣の豊かな緑葉は、そのなかでもまだ鮮やかな色味を見せていた。

「足元のおわるいなかをお呼び立てして、申しわけございませんでした」

仁左衛門は、儀礼ではなしに本気で詫びていた。その思いは、染谷にも充分に伝わったのだろう。

「陽太郎とご内儀の治療をしたくて、うかがったようなものだ。医者でも鍼灸師でも、ひとたび往診すると決めれば、天気のよしあしはどうでもよいからの」

「まことにありがとう存じます」

あたまを下げてから、仁左衛門は息子と連れ合いの容態をたずねた。

「陽太郎はあと二度、多くても三度の治療で完治する」

染谷は微塵《みじん》の迷いもなく、陽太郎の完治を請合った。

「さようでございますか」

仁左衛門は顔つきを明るくしたまま、菊乃の具合をたずねた。

「だれしも実の母親を亡くせば、ひどく落ち込むし、うろたえるものだ。菊乃どのは、よろしく耐えておられる」

染谷は仁左衛門の目を見詰めた。仁左衛門は目を逸らさずに受け止めた。

「菊乃どのほどの気力がなければ、とうの昔に床に臥せっておるじゃろう」

染谷は菊乃の気丈さを誉めた。

「葬儀と法要が続いたことで、さぞかし身体のほうぼうには、疲れのもとが溜まっておるはずだ」

菊乃の治療を、染谷は軽い按摩にとどめた。それを聞いた仁左衛門は、陽太郎快方の喜びが引っ込み、深い憂いの色を浮かべた。

「菊乃は、鍼治療の手がつけられぬほどに、いたんでおるのでしょうか」

「手がつけられぬということとは、いささか違うがの」

上煎茶をすすったのちに、染谷は菊乃の容態の説明を始めた。

「容態を一気に快方に向かわせる、いわゆる強い鍼もあるが、いまの菊乃どのには馴染まぬでの」

染谷は、菊乃の気性に言及し、容態の仔細に触れた。

菊乃の生家は弟が継ぎ、商いも順調に運んでいる。このたびの葬儀においても、喪主は大木屋当主である弟が務めた。

しかし血を分けた母と娘のつながりの深さは、同じ血が流れてはいても、男の弟には理解できないことが幾つもあった。

菊乃は野島屋に嫁いだ身である。生家には弟の嫁が入っている。

いかに母の死を悼んでも、葬儀でも法要でも、菊乃には「もはや手出しをしてはいけない」という、大きなわきまえがあった。

さりとて婚家の野島屋では、母を悼んで泣きたくても、人前では泣けない。菊乃は吉江の娘である前に、野島屋の内儀であり、陽太郎の母であるからだ。

初七日の法要を終えて、亡母との別れに、ひとつの区切りがつけられた。

息子の容態も、着実によくなっている。

菊乃から、張り詰めていたものがふたつ同時に消えた。気力の弱いものなら、気が抜けて寝込んでしまうところだが、菊乃はまことに芯の強い女だ。

他人と話をする気力は失せていても、寝込むまでには至らなかった。

とはいえ、わずかなことがきっかけで、身体の調子を大きく崩す怖さをはらんでいた。そんなときに、もしも強い鍼治療を施したりすれば……。

鍼は治療には働かず、壊すほうに作用してしまう。

「効き目の強い治療を行うには、身体も強くなければならん。弱っているときには、治療は二割で、残りの八割はいたわりに用いるのが肝要じゃ」

菊乃の容態は、まさしくそんな状況にあると染谷は説いた。

「病を治すのは、鍼でもなければ、灸でもない。ましてや、薬とは違う」

「先生のいわれることが、うまく呑み込めませんが」

「鍼でも灸でも薬でもない、ということがか」

「さようでございます」

商いの場の仁左衛門は、ほとんどの相手が先に目を逸らせるほどの強さを見せた。が、染谷と向き合っているいまは、師に教えを乞《こ》う弟子のように素直だった。

「ひとはだれしもが、おのれの身体をおのれが治す、生まれながらの力を秘めておる。鍼灸や薬は、眠っているその力を、呼び覚ますための助けに過ぎぬでの」

身体が弱っていれば、治そうとする力も弱っている。そんなときに、助けに向かった鍼・灸・薬の力が強すぎると、助けではなく、治す邪魔をしてしまう。

「身体がもともと持っている力を元気づけてやるのが、最善の治療じゃ」

菊乃にいま一番入用なことは、治そうとする内なる力が目覚めるように、身体をいたわってやること……。

染谷に説かれた仁左衛門は、何度も深くうなずいた。

庭石を打つ雨が、さらに強くなった。

三

「先生に、折り入ってのお願いごとがございますのですが……」

仁左衛門が用向きを切り出したのは、十二畳の居室の行灯《あんどん》が灯されたあとだった。

「うかがいましょう」

格別の用向きがあることは、染谷も承知のうえである。背筋を伸ばした仁左衛門の横顔を、行灯の明かりが照らしていた。

「明かりを惜しまないのは、なによりのぜいたくだ」

こう広言してはばからない仁左衛門は、十二畳間の四隅に大型の遠州行灯四張りを据えつけていた。

差し渡しが五寸（直径約十五センチ）もある深い油皿には、二合の菜種油がはいっている。浸されているのは、いぐさの芯を六本も撚《よ》り合わせた太い灯心だ。

火が灯された灯心は、並の品の三倍は明るい。そんな遠州行灯が四張りである。仁左衛門の居室は、畳の縁がはっきりと見えるほどに明るかった。

「ぜひともてまえに、先生の治療院にカネを出させていただけますよう、衷心よりお願い申し上げます」

「そなたがカネを出すという、真意のほどが呑み込めぬ」

「ありていに申し上げれば、別の場所に治療院を普請する費えを、すべて引き受けさせていただきたいのです」

仁左衛門は、一冊の綴《つづ》りを染谷の膝元に差し出した。

『治療院勘定覚え』

綴りには、太筆文字の題字が書かれていた。

「先生からは、断わりもなしにと強いお叱りを受けるのを承知で、細々《こまごま》と算盤《そろばん》をいれさせていただきました」

帳面を開くと、六月二十日から三日間の、一日あたりの来院患者数が記されていた。

六月二十日が五十七人。二十一日が六十一人で、二十二日は六十五人。三日間を均《なら》せば、一日六十一人の勘定である。

「他の鍼灸治療院の来院数は、本所竪川《たてかわ》の多いところでも三十人です。日本橋住吉町にいたっては、日に十人もまいりません」

仁左衛門は、すべての数を諳《そら》んじた。

「よく調べられたようだが、それでなにを目論《もくろ》んでおられるのか」

染谷は物静かに問いかけた。仁左衛門は膝を揃えて身体を前に乗り出した。

「先生の鍼灸治療の腕は、他のかたに比べて抜きん出ているということです。大して人通りのないいまの場所ですら、このような数字です。たとえば仲町の辻にでも治療院を構えれば、患者数は限りなく増えますでしょう」

人数が増えれば、弟子を雇いいれればいい。染谷が仕込んでいる若い者を手元で使えば、治療できる人数が大きく増える。

患者は染谷の治療が受けられて喜ぶ。

弟子たちは、仕事に就くことができる。

カネを投じた仁左衛門は、長い目で見れば充分にもとが取れるし、儲けも手にできる。

新しい治療院になったからといって、治療代を値上げしなくても、患者増で充分に算盤は引き合う。

だれも損をする者がおらず、仁左衛門は人助けに手が貸せる。

「てまえは商人ですから、損の出ることはいたしません。ゆえにひとから新しい商いを勧められても、乗り出したことは皆無です」

いかに新しい商いを始めることに用心深いかを、仁左衛門は力をこめて話した。

「しかし先生の治療院であれば、費えがたとえ百両かかろうとも、てまえは引き受けさせていただきます」

染谷の腕を見込めばこそだと、仁左衛門は言葉を重ねた。

「いかがでしょう。お引き受けいただければ、先生のふところもいまよりは大きく潤うものと存じますが」

仁左衛門の両目は、商人ならではの光を強く帯びていた。

「人助けと金儲けとは、仲のよくない間柄だと思うがの」

「それは、商いの舵取りひとつでございましょう」

「ならばそなたは、人助けと金儲けのどっちを取るかと迫られたら、どうするかね」

「てまえは迷わず、金儲けを取ります」

仁左衛門は、答えをためらわなかった。

「それでこそ商人だ、正直で安心した」

染谷は仁左衛門に向かって、初めて顔をほころばせた。

「さっきも言った通り、人助けと金儲けは仲がわるい」

口を閉じた染谷は、その場に仁左衛門を立ち上がらせた。そしてへその真下三寸のところを指で強く押した。

「ここはひとの元気のもとをつくるツボで、関元《かんげん》という」

染谷は指先に力をこめた。仁左衛門は歯を食いしばって染谷の押しをこらえた。

「今日から五日の間、毎朝起きたときにここを強く押しなさい」

「はい」

仁左衛門はわけはなにかとも問わず、すぐさま答えた。

「押しながら、ほんとうに人助けがしたいのかと、おのれに問いなさい。押し方が強ければ、あんたのこころは正直に答える」

損を出し続けても治療院を閉めたりはしないとこころが答えたら、わしも考える……。

染谷は穏やかな目で仁左衛門を見上げた。

仁左衛門は正面を見詰めて、口のなかでぶつぶつとつぶやいていた。

「ほんとうに人助けがしたいのか」

つぶやきは、そう聞こえた。

のれん分け

一

六月末、深川には雨が我が物顔で居座っていた。明けても暮れても雨。

「なんだい、今年の陽気は。暦はもう、六月下旬じゃないか」

「まったくそうだ」

話しかけられた隠居は、大きくうなずいてから煙草盆を引き寄せた。

「七月を目の前にしながら、梅雨がもういっぺん帰ってきたみたいだ」

四日も五日も降り続く雨空を見上げて、だれもがげんなりした顔つきになった。

雨は水を降らせるだけではなく、季節外れの肌寒さまでも連れてきた。

「こう寒くては、とっても炭火なしでは我慢ができない」

もう不要だと思って片づけておいた火鉢を、年寄たちは引っ張り出した。そして六月末だというのに、火鉢に炭火をいけた。

「梅雨寒というには、度が過ぎている」

「まさか七月の手前で、火鉢に手をかざすことになるとは思わなかったよ」

「まったく、今年はどうなってるんだ」

両手をこすり合わせた老人のひとりが、炭の追加を持ってこいと小僧に指図をした。

門前仲町には、江戸でも一、二といわれる大きな碁会所がある。常連客は深川界隈の隠居連中だ。

家督を譲った商家の隠居もいれば、長屋暮らしの年寄もいる。暮らしぶりは、客ごとに大きく異なっていた。しかしひとたび碁盤を挟んで向かい合えば、問われるのは技量のみである。

親しくなるきっかけは、暮らし向きが似ているからではなかった。碁敵《ごがたき》として、相手の技量を認められるかどうかが決め手である。

「その白、待ってくれないか」

「またそれかね」

「いいだろう、一手ぐらいのことは」

「なにが一手だ。あんたは番たび、待て待てじゃないか」

身なりも年恰好も違うふたりが、いがみあいながらも、常に向かい合う。碁会所ならではの光景だった。

雨にたたられると、碁会所は大いに賑わった。雨に外歩きを取り上げられた隠居連中には、碁会所はうってつけのひまつぶしの場所だった。

月が替わり、七月の声を聞いても雨は降り止まなかった。

七月二日、八ツ（午後二時）下がり。

二十畳もある広い居間で、野島屋仁左衛門は、ひとり腕組みをしていた。眉間《みけん》に深いしわを刻んだ仁左衛門は、いつになく思い詰めた様子である。

百両の商いをどうするかの判断においても、仁左衛門はこれほどに深刻な顔つきを見せることはなかった。

ふうっ……。

この日、五度目の深いため息をついた仁左衛門は、煙草盆を引き寄せた。盆のわきには、鹿革を張ったキセル箱が置いてあった。

分厚い雲が、本来ならば力強い七月の陽をさえぎっていた。八ツ下がりだというのに、床の間の軸がぼんやりとしか見えない明るさである。

そんななかでも、キセル箱に収められた銀のキセルは、鈍く輝いていた。

つい先刻、橋場《はしば》のキセル細工師、銀蔵が届けてきた大型の銀ギセルだ。火皿の周囲には、前足を高く持ちあげた虎が細工されている。

キセルを手にしたときは、つかの間、仁左衛門の表情が和らいだ。が、煙草を詰めて吹かしたときには、またもや眉間に深いしわが刻まれていた。

あの染谷先生というひとは、いったいどういう男なんだ……。

仁左衛門は、声に出してひとりごとをつぶやいた。野島屋の奉公人たちがこの姿を見たら、飛び上がって驚いただろう。

いきなりの地震で、たとえ店の大黒柱が揺れたとしても、落ち着き払っていられる肝の太い男。

これが、野島屋仁左衛門を評して言われる言葉である。世の評判通りであろうとして、仁左衛門は顔色を動かさぬように努めてきた。

そんな男が、ひとりごとをつぶやくとは。

奉公人の前では、断じて見せることのない仁左衛門の一面である。常にひとの耳目を気にしている仁左衛門が、うかつにも声に出してひとりごとをつぶやいた。

それほどに、染谷という人物を仁左衛門は計りあぐねていた。

二

昨日（七月一日）の八ツ半（午後三時）過ぎに、仁左衛門は仲町の碁会所に顔を出した。門前仲町の両替商、嶋田屋の隠居から使いを差し向けられてのことだ。

「大旦那様が、ぜひにもお会いしたいとおっしゃっておいでです」

小僧はきまりわるそうな顔で、用向きを野島屋の番頭に伝えた。

深川でも図抜けた身代の大きさを誇る野島屋は、嶋田屋の大得意客である。なにしろ嶋田屋に預けている蓄えだけでも、一万四千両に上っていた。

野島屋は一年で三分、四百二十両もの預け賃を嶋田屋に支払っている。それに加えて、為替手《かわせ》形の決済資金として、常時三千両のカネを嶋田屋に預けていた。

嶋田屋は大身大名四家の江戸上屋敷に、年利一割二分の利息で総額六万両を貸し付けている。その原資の何割かは、野島屋からの預かり金だった。

嶋田屋にとっての野島屋は、いってみれば大の得意先も同然だった。商いの常道からいえば、嶋田屋は野島屋にあたまが上がらないという関係である。

ところが実態は、まるで逆だった。

嶋田屋の隠居が碁会所から小僧を使いに寄越したら、野島屋当主といえども雨の中を出向かざるをえないのだ。

一万両を超える蓄えを、ふたつ返事で預かることのできる両替商は、町場にはざらにはいない。日本橋駿河《するが》町の本両替であれば、一万両が五万両でも預かるだろう。

しかし本両替に商いの口座を開くには、わずらわしい手続きを幾つもこなさなければならない。公儀公金を扱う本両替は、容易なことでは商いの口座を開かなかった。

町場の大店《おおだな》のなかには、一万両を超える蓄えを持つ商家も少なくはなかった。が、よほどに信頼できる両替商が相手でなければ、怖くてカネは預けられない。

もしも両替商から出火したり、災害に遭遇したりしたときに、預けたカネが戻ってくるという保証はないからだ。

多額の蓄えは「預ける」わけではない。

腰を低くし、毎年一分の預け賃まで支払ったうえで、預かってもらうのだ。

両替商にヘソを曲げられたら、大金を預かってもらう先を失う。町場の大店にとっては、蓄えが増えれば増えるほど、身代が大きくなれば大きくなるほど、両替商との付き合いをしくじるわけにはいかなかった。

野島屋の当主といえども、嶋田屋の隠居の呼び出しを断ることはできなかった。とはいえ嶋田屋の隠居がいるのは、遊び場の碁会所である。

そこからの使いということで、小僧はきまりのわるい顔つきをしていたのである。

「旦那様にもご都合がありますので、四半刻（三十分）ほどお待ちくださいと、ご隠居にお伝え願いましょう」

番頭にも、野島屋の意地があった。

遊び場所からの呼び出しには、もったいをつけた。が、隠居の機嫌をそこねないためには、四半刻を待たせるのが精一杯だった。

小僧を帰してからきっかり四半刻が過ぎたとき、仁左衛門は碁会所に顔を出した。

「忙しいあんたを呼びつけたりして、まことに申しわけなかった」

口では申しわけないと言いながらも、隠居は吹かした煙草の煙を仁左衛門のほうに吐き出した。

「それで、ご隠居のご用向きは？」

仁左衛門は煙を払いのけようともせず、落ち着いた口調で問うた。

「用向きというほどに、大層なことでもないんだが……」

キセルに煙草を詰め終えてから、隠居は話に戻った。

「たしかあんたのところは、染谷さんという鍼の先生と付き合いがあっただろう」

「ございます」

仁左衛門は、正直に応じた。息子や内儀が、染谷には大きな世話になっている。ひとに話したことはなかったが、問うてきたのは嶋田屋の隠居である。

両替商は耳が大きい。なにかしらの伝《つて》から、野島屋が染谷の治療を受けていると聞き込んだのだろう。

「あんたは、染谷さんと会ったことはあるのか」

「ございます」

「それなら話が早い」

隠居はキセルを膝元に置いた。

「ぜひともわしを、染谷さんに顔つなぎしてくれんか」

「それは造作もないことですが、嶋田屋さんなら、じかに話をされても充分に通じると思いますが」

「ところが、そうじゃないんだ」

隠居は顔をしかめて、仁左衛門を見た。

「小僧を差し向けて嶋田屋を名乗らせたが、まったく相手にせんというんだ」

隠居は往診をしてくれと、小僧に言わせていた。

「往診には応じないうえに、だれかの添え状でもなければ、一見《いちげん》の者には治療せんと言いおったそうだ」

業腹《ごうはら》だが、名医と評判の高い染谷の治療をぜひとも受けたい。ゆえに、すぐにも顔つなぎをしてくれというのが、隠居の用だった。

嶋田屋の小僧を追い返すなどは、カネにも名声にも執着がない染谷だからこそできる芸当だ。

それにつけても、あのひとは……。

またもや仁左衛門は、我知らずにひとりごとをつぶやいていた。

三

野島屋仁左衛門が雨の日に外出をするのは、きわめてまれなことだった。

雨降りに履く歯の高い下駄が、仁左衛門は好きではなかった。蛇の目をさして歩くのも、動きの自由がさまたげられて億劫だ。

ゆえに雨降りには、よほどの用がない限り外出を控えた。

どうしても出かけなければならないときは、供の小僧を先に歩かせた。雨でゆるくなった道に、うっかり高下駄を踏み入れないための用心である。

そんな仁左衛門が、いきなり外出をすると言い出した。七月二日の八ツ半（午後三時）を過ぎたころである。

「いったいなにが起きたというんだ」

頭取番頭の勇三郎は、小僧を見る目つきを険しくした。

昼過ぎに仁左衛門と話をしたとき、当主はひとことも外出を口にはしなかった。

「旦那様は、どちらへお出かけになられるんだ」

「分かりません」

尖った声の番頭に向かって、小僧はぞんざいな物言いをした。

「なんだね、その口のききかたは」

小僧のしゃべり方を強く叱ったのちに、外出の供にはだれがつくのかと、勇三郎は小僧に問い質した。

「旦那様は、ひとりで出かけるって言ってました」

「出かける、じゃないだろう」

勇三郎が、またもや小僧を叱った。

「お出かけになるのはおひとりだと、おっしゃっておいででした」

小僧は、あたまにつける『お』に力をこめて答えた。

「この雨降りにお出かけになるのに、旦那様は供もつれずにおひとりで、だと？」

「はい」

「おまえが、旦那様からそのことを言われたのか」

「違います」

「だったら、だれだ」

小僧の答えは要領を得ない。焦《じ》れた勇三郎は、つい声を荒らげた。帳場で算盤をはじいていた手代が、手をとめた。

「亀どんです」

小僧は、最年長の小僧の名をあげた。仁左衛門の供につくのは、手がふさがっていない限りは、亀吉に決まっていた。

「ならばどうして、亀吉がそれを伝えにこないのだ」

「亀どんは旦那様の雨具をとりに、蔵に入ってます」

「なんだと」

勇三郎は、腰を浮かせた。

「旦那様は、いますぐにお出かけになるというのか」

「はい」

「先にそれを言いなさい」

ひときわきつい口調で小僧を叱った勇三郎は、足を急がせて奥の玄関に向かった。

仁左衛門は、すでに薄手の合羽《かっぱ》を着て、黒い蛇の目を手にしていた。

「この雨のなかを、おひとりでお出かけになられますので?」

「さほどに遠くに出るわけじゃない」

仁左衛門は、染谷先生の治療院に出かけるのだと口にした。

「それでございましたら、亀吉を供につけていただきませんと」

「いや、無用だ」

仁左衛門は、即座に勇三郎の申し出を断わった。仁左衛門から断わりを言われることに、勇三郎は慣れていない。

無用だと言われたわけが分からず、つい戸惑いの色を顔に浮かべた。

「染谷先生というひとは、物々しいのがお嫌いらしい」

嶋田屋の隠居から頼まれて出向くのだと、仁左衛門は外出の用向きをかいつまんで頭取番頭に話した。

野島屋ほどの大店になれば、商いの切り盛りはすべて頭取番頭が仕切る。当主といえども、頭取番頭の差配には口出しをしないのが見識だとされていた。

なぜ、仁左衛門がみずから雨降りをついてまで、染谷の治療院に出向く気になっているのか。

なぜ小僧もつれずに、ひとりで出かけようとしているのか。

頭取番頭には、思うところのあらましを聞かせておいたほうがいい……そう判じたがゆえに、仁左衛門は玄関先の立ち話で、染谷の元に出向くわけを聞かせた。

嶋田屋の隠居直々の頼みとあっては、野島屋の当主がみずから動くのも仕方のないことである。

「さようでございましたので……」

得心顔になった勇三郎は、仁左衛門に向かって深い辞儀をした。

「嶋田屋さんからのお使いが、今日もくることはございませんでしょうか?」

「それはないだろう」

一度はそう答えたものの、仁左衛門は思案顔を拵《こしら》えた。

「あちらのご隠居は、ことのほか気が短くておいでだ……」

「そのことでございます」

勇三郎はなんどもうなずいた。

仁左衛門当人が染谷のもとに出向くであろうと、嶋田屋の隠居甚右衛門《じんえもん》は察しているはずだ。仁左衛門は自分の口で、そう答えていたからだ。

深川で野島屋といえば、だれもが一目をおく米問屋で、仁左衛門はそこの当主である。大店の当主が使い走りの小僧のように、気安く外出をしないことは、両替商の隠居なら充分にわきまえているだろう。

しかし甚右衛門は、年寄特有の思い込みの強さを抱え持っていた。また、並はずれて短気でもある。

周りからあたまを下げられることに慣れ切っている甚右衛門なら、たとえ仁左衛門といえども、頼んだ用はすぐにこなすと思い込んでいるに違いない。

染谷の元に仁左衛門が行ったかどうかを、小僧を差し向けて確かめにくることは、充分に考えられた。

「もしも嶋田屋さんの使いがみえたら、今夜にでもだれかに返事を持たせると、答えておきなさい」

もう一度、仁左衛門当人が甚右衛門の元に出向くことはありえない。いかに両替商が相手とはいえ、野島屋当主がそこまですることはなかった。

頭取番頭も、仁左衛門の言い分に深くうなずいた。

「旦那様みずからこの雨のなかを……まことに、ご苦労さまでございます」

勇三郎のあいさつを背中で受け止めて、仁左衛門は雨の中に一歩を踏み出した。

野島屋の奥玄関から表通りまでは、自前の石畳が敷き詰めてあった。仁左衛門は、その石畳の上を歩いている。

高下駄を踏み出すたびに、カタン、カタンと歯が音を立てた。

四

仁左衛門が着ている合羽も、さしている黒の蛇の目も、履いている歯の高さ三寸（約九センチ）の高下駄も、すべては日本橋の雨具屋・長田屋の別誂《べつあつら》え品だ。

雨の外出は嫌いでも、出かけるからには野島屋当主としての身支度が必要だ。長田屋の雨具は、どの品もよくできていた。

雨は降り続いていたが、仁左衛門が羽織った合羽は小気味よく雨をはじき返していた。

野島屋から染谷の治療院までは、土手伝いの一本道である。

六月中旬の雨の夜、野島屋の手代草次郎と染谷はこの道で、三人連れの賊に襲いかかられたことがあった。土手の草むらは、待ち伏せをするには格好の隠れ場所だった。

真夏のいまは、野草はさらに丈を伸ばしていた。葉の緑色は、雨空の下でも目に鮮やかに映っていた。

おおばこは、大きな葉一杯に雨粒を溜めている。真夏の雨は、野草を生き返らせていた。

土手の土は、往来の地べたよりも柔らかである。仁左衛門は一歩ずつ足元を確かめながら、染谷の治療院へ向かって歩いた。

ふうっ……。

黒船橋を前方に見た仁左衛門は、息をついて歩みをわずかにのろくした。

橋が見えれば、染谷の治療院まではさほどの道のりではない。ゆっくりと歩いてさえいれば、転ぶ心配もなかった。

バラバラバラ。

風が変わって、雨脚が強くなったらしい。蛇の目を叩く音が、いきなり強くなった。

仁左衛門は、さらに歩みをのろくした。足元のぬかるみが気になったこともあるが、土手を歩いてくる人影が見えたからだ。

土手の道幅は、たかだか二尺（約六十センチ）ぐらいのものだ。雨降りのなかで、狭い道をすれ違うのは難儀そうだ。

黒船橋のほうから向かってきたのは、むしろを身体にかぶった親子連れの物乞いである。仁左衛門は蛇の目傘をさしているが、物乞いはむしろをかぶっているだけだ。

仁左衛門は道の端に寄って立ち止まった。傘をさしていない相手を、先に行かせようと考えてのことだった。

雨脚は強くなっていたが、物乞いの歩き方は変わらなかった。季節は夏である。むしろを染み透った雨が身体にまとわりついても、真冬の氷雨のような冷たさはない。

それゆえに物乞い親子は、ゆっくりとした歩みを変えなかったのだろう。

ところが仁左衛門のすぐ近くまできたとき、こどもがいきなり駆け出した。草むらから飛び出したカエルを見て、追いかけようとしたのだ。

カエルは立ち止まっている仁左衛門の前でピョンと跳ねて、土手の草むらに飛び込んだ。そのカエルを追って、こどもは草むらに勢いよく足を踏み入れた。

雨に打たれて、どの草の葉もたっぷりと濡れていた。

こどもは、あたまからむしろをかぶっている。そのむしろの端を右手で摑んだまま、草むらに足を踏み入れたのだ。

濡れた草は、こどもの足をすくった。

むしろを片手で摑んでいたこどもは、ツルッと滑った。むしろを下敷きにして、尻から草むらに落ちた。

雨粒を葉に溜めていた草は、ソリのようにむしろを滑らせた。こどもはむしろに腰から落ちたまま、土手を滑り始めた。

キャアッ。

悲鳴をあげながら草むらを滑り、そのまま大横川に落ちた。

けんたあっ。

物乞いの母親は、むしろを投げ捨てて草むらに飛び込んだ。が、こどもと同じように足をすくわれて、尻餅をついた。

しかし野草を強く握り、土手を滑り落ちることはなかった。

大横川は、はしけなどの水運のために掘られた運河である。黒船橋周辺の深さは、一間（約一・八メートル）の見当だ。

ひとが拵えた運河だけに、本来の流れはさほどに強くはない。しかしこのときは、荒天のせいで増水していた。ゆえに一間の深さがあっては、おとなでも川底に足は届かなかった。

おかあちゃん、たすけてええ……。

こどもは手をばたつかせて、母親に助けを求めた。が、草むらにしがみついた母親は、こどもを助けに動くことはできなかった。

間のわるいことに、大横川を行き交う船は、一杯もいなかった。土手を歩いている人影も見えない。

いるのは野草をつかんだ物乞いの母と、仁左衛門だけだった。

仁左衛門は周囲を見回した。野良犬一匹、土手にはいなかった。

「後生ですから、健太を助けてやって」

物乞いの母親は、仁左衛門に向かって声を張り上げた。

仁左衛門も、もちろんこどもを助けたいとは思った。しかし泳ぎができないのだ。

もしも、こどもと同じように大横川に落ちたら、助けるどころか、仁左衛門が溺《おぼ》れてしまうのだ。

泳げない者は、水を怖がった。

「おかあちゃん、おかあちゃん……」

こどもは悲鳴をあげ続けた。が、溺れかけて、川水を呑んでいるのだろう。次第に声が弱くなっていた。

「助けてちょうだいってば」

仁左衛門に向かって、母親が叫んだ。

その叫び声で、仁左衛門の肚《はら》が決まった。蛇の目を放り投げ、合羽も脱いだ。着ているのは、羽《は》二重《ぶたえ》の羽織に、絽《ろ》のひとえである。仁左衛門は羽織と合羽を結び合わせた。ふたつを合わせれば、二間（約三・六メートル）の長さになった。

これだけの長さがあれば、川岸から投げてもこどもに届く。

「いま、わたしが助けに行くぞ」

こどもに大声を投げた仁左衛門は、高下駄を脱いだ。足袋跣足《たびはだし》になり、滑らないように気遣いながら草むらに入った。

仁左衛門が履いている夏足袋は、底に鹿皮を張った上物である。草にたまった水を踏むなり、鹿皮の底が滑った。

尻から落ちた仁左衛門は、そのまま草むらを滑り落ちた。

ああっ……。

声を漏らしながら、滑り続けた。

右手は、合羽と羽織を結び合わせたモノを握っている。仁左衛門は、左手ひとつで濡れた草を懸命になって摑もうとした。

握る力が弱いわけではなかった。しかし草むらを滑り落ちる勢いは強い。しかも右手は羽織の端を握っていて使えないのだ。

うおおっ。

雄叫《おたけ》びのような声を発した仁左衛門は、川に落ちる寸前に草を摑んだ。身体が止まった。

「おいちゃん……くるしい……」

こどもの声が弱っていた。そのか細さが、仁左衛門を奮い立たせた。

草むらに這いつくばっていた仁左衛門は、力を振り絞って身体の向きを変えた。仰向けになるなり、左手を草むらに押しつけて立ち上がった。

中腰になると、足袋を脱ごうとした。履いたままでは、また滑ると思ったからだ。

仁左衛門は左手だけを使って、中腰のままで足袋を脱ぎ始めた。

「おいちゃん……」

こどもの声が、極端に弱っていた。

「待ってろ」

そう言いながら、仁左衛門は焦った。こどもの様子が、もう限界に思えたからだ。

足袋を脱ぐのを途中までにして、仁左衛門は身体を起こした。

「これを摑むんだ」

こどもに向かって、合羽を投げた。

合羽と羽織を結んだモノの端が、こどもに向かって宙を飛んだ。

溺れながらも、こどもは手を伸ばして端を摑もうとした。

中途半端な脱ぎ方の足袋が、ツルッと滑った。仁左衛門の身体が大横川に落ちた。

こどもは投げられた合羽の端を摑んだまま、川のなかに沈んだ。

両目が哀しそうだった。

五

染谷の治療院には十五坪の板の間と、二十畳の広間が設けられていた。

板の間には、大柄なおとなでも横たわることができる、一畳大の治療台が五台も並べられている。

患者はこの台に横になって、鍼灸両方の治療を受けるのだ。

偶数日は朝の五ツ半（午前九時）から九ツ（正午）までの一刻半（三時間）を、染谷は治療にあてた。

奇数日は八ツ（午後二時）から七ツ（午後四時）までの一刻を、治療どきと定めていた。

治療が休みとなる偶数日の午後は、深川界隈のこどもたちを集めて、読み書き・算盤など学問の基本を教えた。二十畳の部屋は、その寺子屋に使う広間である。

しかし寺子屋といっても、染谷は学問だけを授けるわけではなかった。

「百人のこどもに鍼灸の基本を教えれば、長じたのちには、ひとりの名医を生むことができるやもしれぬでの」

この信念に基づき、一文の謝金も受け取らずに鍼灸の基本を教授した。

カネをとらないだけに、教え方は厳しい。

「遊びたければ、ここにくることはない。存分に外でやりなさい」

染谷は、張りのある声でピシリと言い置いた。しかし、怒鳴るわけではなかった。

むしろ逆で、物静かに叱るのだ。

染谷の元に習いにくるのは、長屋暮らしのこどもがほとんどである。

「いいかげんにしろい」

「てめえは、そんな簡単なことも分からねえのか」

「口で言っても分からないなら、おとっつあんにひっぱたいてもらうからね」

長屋のこどもは朝から晩まで、怒鳴り声・金切り声で叱られ続けている。おとながどんなに大声を発しても、こどもは慣れっこになっていた。

染谷はそれを分かっていた。ゆえに叱るときは、声の調子をひとつ低くした。

「聞きたくなければそれでもいいが、ここには置いておけない」

こどもの目を見詰めて、染谷は小声で叱った。声が小さいがゆえに、こどもは耳をすまして聞き取ろうと努めた。

「ごめんなさい」

「もうしませんから、教えてください」

乱暴な物言いしかできないはずの長屋のこどもたちが、染谷の前ではていねいな口調で詫びた。

「鍼灸をこころざす者は、正しい物言いをすることを心がけなさい」

染谷の教えは、こどもたちの身体の芯に浸透していた。

とはいえ、座学はこどもには苦痛である。授業の途中で、居眠りをする子もめずらしくはなかった。

「おい、起きろよ」

染谷に聞こえぬように、こどもたちは小声で仲間を起こそうとした。肘でつっついて、居眠りを注意することもあった。

しかし眠気に襲われたこどもは、少々のことでは正気には戻れない。そんなときは、こどもたちは手を挙げて染谷に知らせた。

しかしそれは、告げ口をするわけではなかった。

雨が一向にやみそうになかった、七月二日の八ツ半下がり。

「だめだよ、今日の金太は……」

「ここにくる前から、トロンとした、死んだお魚みたいな目をしてたからさあ」

金太を起こすのは無理だと、同い年のこどもたちは判じた。

「染谷先生」

屋根葺き職人の息子、風太《ふうた》が右手を挙げた。

「今日は金太か」

目元をゆるめた染谷は、小さな盆を手にして金太に近寄った。盆には線香立てと、もぐさの詰まった小箱が載っている。

もぐさを米粒大に丸めた染谷は、金太の前髪の後ろにおいた。そののち、もぐさに線香で火をつけた。

染谷がていねいに干したもぐさは、香りもいいし、燃えやすい。小さなもぐさから、かすかな煙が立ち昇った。

「いててっ」

もぐさの熱で正気に返った金太が、短い声を発した。こどもたちが、どっと沸いた。

「眠気に襲われた者は、おとな・こどもの区別はなしに、口で叱ったところで居眠りの退治はできん」

治す特効薬は、灸だった。

米粒大のもぐさをすえただけで、六尺豊かなおとなでも、一発で正気に返った。

「どうだ、金太。気持ちのよい目覚めとなったか」

「はい……」

金太がきまりわるそうな顔で、目を伏せたとき。

「せんせえっ……せんせえったらよう」

「てえへんなんだ、助けてくだせえ」

治療院の板の間から、差し迫った男の声が広間まで流れてきた。

染谷がこどもたちに鍼灸を教えているときは、連れ合いの太郎が治療院の番をするのが決まりだった。

しかし今日は、日本橋市村座の芝居が千秋楽である。太郎は、昭年の連れ合い弥助と連れ立って、朝から芝居見物に出かけていた。

「おいらが見てきます」

居眠りから目覚めた金太が、威勢よく立ち上がった。颪太もあとを追って、板の間へと駆けた。

こどもふたりは、血相を変えて駆け戻ってきた。

「おとなとこどもが、大横川で溺れていたそうです」

金太が話している途中で、染谷は板の間へ向かい始めていた。差し迫った状況でも、染谷の歩き方は落ち着いている。

広間のこどもたち全員が、染谷の後ろに従っていた。そのさまは、紛れもなく師匠に付き従う弟子たちだった。

六

治療院に運ばれてきたのは、物乞いのこどもと仁左衛門である。ふたりとも、半纏《はんてん》姿の職人たちに背負われていた。

こどもはまだ、かすかに息をしていた。が、完全に正気を失っていた。

隣の治療台に仰向けに寝かされた仁左衛門は、まったく呼吸をしてはいなかった。

染谷は、こどもの様子を先に確かめようとした。身体が小さいだけに、容態の見極めを急いだのだ。

こどもの鼻に顔をくっつけた染谷は、かすかながらも息を続けていることを確かめた。

「金太、風太」

染谷は、ふたりの子の名を呼んだ。

ともに十歳で、染谷の寺子屋に通い始めてすでに一年半が過ぎていた。

「はいっ」

こどもふたりは、きっぱりとした返事をした。尋常ならざる治療院の様子に、ふたりとも顔を引きつらせていた。

「おまえたちふたりでこの子を裸にして、うつぶせに寝かせなさい」

「はい」

師匠から用を言いつけられたのが、よほど晴れがましかったのだろう。甲高い声の威勢のよさは、治療院の天井をも突き破りそうだった。

こどもの着衣を、金太と風太に脱がせる指図を下してから、染谷は仰向けにされた仁左衛門に近寄った。

顔色は土気色である。鼻に顔をくっつけても、まったく息遣いは感じられなかった。

「このひとは、野島屋のご当主ではないのか」

溺れていた仁左衛門は、いつもとはまるで顔つきが違っている。着ている絽のひとえも、川水につかって見栄えがよくない。

見た目だけでは、大店の当主とは思えなかった。

しかし染谷は、一度会った者の顔は忘れないという特技を備えていた。

「やっぱり、そうでやしたか」

仁左衛門を担いできた職人が、素っ頓狂な声を発した。男は植木職人で、かつて野島屋の庭で当主の顔を見たことがあった。

「助けたのは、あんたか？」

「そうでやす」

植木屋がこっくりとうなずいた。

「助けたときは、どんな様子だったのだ」

息をしていない仁左衛門に治療を施すには、助け上げたときの様子を知ることが必須《ひっす》だった。

染谷は落ち着いた口調で、植木屋に問いかけた。

染谷が差し迫った物言いをすれば、植木屋は勢いこんでしまい、ついつい余計な思惑を口にしかねないと判じたからだ。

「岸辺に引き上げたときは……」

植木屋は、両手を突き出すような形で話を始めた。


仁左衛門が大横川に滑り落ちたときは、まだだれも土手の道を歩いてはいなかった。

草むらから土手に這い上がった物乞いの母親は、人通りの多い黒船橋へと駆けた。そして通行人に、助けを求めた。

急ぎ駆けつけてきたのが、半纏姿の職人五人である。五人全員が、出入り先のお屋敷に向かう植木職人だった。

幸いにも、なかの三人は泳ぎの達人だった。

毎年師走《しわす》には、永代橋東詰から対岸まで、大川を泳いで渡る『寒中水練』が催される。富岡八幡宮の宮司も列席する、冬場吉例の行事である。

三人の植木職人は、この寒中水練で大川を泳ぎ渡る常連だった。

母親から場所を聞き取った三人は、下帯一本の姿で大横川に飛び込んだ。衣類を着けたままでは、いかに泳ぎの達人でも自由な動きができないからだ。

泳げない者には、一間の深さでも無限の深淵である。しかし真冬に大川を泳ぎ渡る三人には、この程度の深さの大横川は、底の浅い池も同然だった。

二度目の潜りで、最初にこどもを水面まで引っ張り上げた。

仁左衛門は身体が大きいだけに、沈んだと思《おぼ》しき場所から、半町（約五十五メートル）ほど東に流されていた。

こどもは息をしていたが、仁左衛門は死んだも同然に動かなかった。頰を叩いても、まったく反応がない。

「溺れたやつは、胸を思いっきりおっぺすんでえ」

水練の達人たちは、溺れた者の助け方にも通じていた。

「そいつあ分かってるが、何度胸をおっぺしても、うんもすんも言わねえ」

「とにかくそこの先の、染谷先生とこに担ぎこもうぜ。あの先生なら、三途《さんず》の川を渡りかけたやつでも、思いっきり引き戻してくれっからよう」

「ちげえねえ。すぐに行こうぜ」

染谷の治療を受けたことのある職人たちは、手分けしてこどもと仁左衛門を担ぎ、治療院へ駆け込んだ。

「野島屋さんは、すでに息がとまっておったのか」

川から引き上げたときの様子を聞き終えた染谷は、治療道具の棚から長くて太い鍼を一本取り出した。

鍼の長さは、八寸（約二十四センチ）もあった。

「野島屋さんの着衣を脱がせなさい」

「がってんだ」

植木職人は、三人がかりで仁左衛門の絽と襦袢《じゅばん》を脱がした。大横川の川水につかったあとでも、ひと目で極上品だとわかる正絹《しょうけん》の下帯を締めていた。

染谷は手拭いに焼酎を染み込ませると、仁左衛門の左足の膝を拭った。顔を仁左衛門の鼻に近づけたが、相変わらず息をしている気配はなかった。

顔色はさらに、土気色の度合いを増している。もはや、一刻の猶予もなさそうに見えた。

染谷は長い鍼をしっかり握ると、仰向きに寝かされた仁左衛門の左側に立った。そして左足の膝上三寸（約九センチ）のあたりを、左手の人差し指でまさぐった。

指に感じた手ごたえで、染谷はツボを探り当てた。

うむっ。

短い気合とともに、染谷は右手に握った長い鍼を、足に突き刺した。

「うわっ」

染谷の治療を見ていたおとなが、思わず声を漏らした。見ているだけで、足に激痛を覚えるような荒療治だった。

染谷はしかし、刺したのちも力をゆるめず、さらに強く押した。

鍼は足を貫通して、右側に突き抜けた。

治療を見ていた職人が、ひとしきり吐息を漏らした。

「うぐっ」

息をしていなかった仁左衛門から、うめきが漏れた。染谷はさらに鍼を動かして、仁左衛門に刺激を与えた。

横たわっていた仁左衛門が、いきなり上半身を起こした。

ぶはっ。

仁左衛門の口から、凄まじい量の水が吐き出された。

「よかったの」

静かに言い置くと、染谷は膝の鍼を引き抜いた。仁左衛門は、まったく痛みを感じてはいなかった。

仁左衛門が息を吹き返したのを見極めてから、染谷はこどもの治療を始めた。

「この子は丈夫な子だ。水も呑んではおらぬようだ」

染谷はこどもの肋骨《ろっこつ》の最下部と、背骨《はいこつ》とが交わるツボ『命門《めいもん》』に、熱い灸をすえた。もぐさの大きさから、灸の熱さが察せられた。

「健太、しっかりして」

物乞いの母親が、こどもに話しかけた。が、うつぶせのこどもは、動かなかった。

「大丈夫だ。この子なら、おのれの力で戻ってくることができる」

心配顔の母親にやさしく言い置き、染谷は熱い灸を続けた。同じ箇所におかれた四つ目のもぐさが燃えつきそうになったとき、こどもが息を吹き返した。

「健太……健太、分かるかい」

治療台の前に回り込んだ母親は、こどもに話しかけた。こどもは返事の代わりに、右手で母親の鼻をツンツンといじった。

「健太ったら……」

母親の顔が、泣き笑いになっている。

隣の治療台で上体を起こしたままの仁左衛門は、こどもの無事を知って吐息を漏らした。

「てえした旦那だ」

植木屋の顔には、仁左衛門を称える色が濃く浮かんでいた。

鍼ごたえ

一

七月五日は、朝から気持ちよく晴れた。久しぶりの上天気である。

六月下旬から七月の初めにかけての深川は、連日の雨降りに見舞われた。その雨がようやく上がったのが、七月五日の夜明けだった。

「やっぱり夏のお天道《てんとう》さんは、顔を出してくれたあとは威勢がいいぜ」

真っ青な空を見上げて、大工が声をはずませた。

「これでこそ、夏てえもんだ」

応じた左官は、まだ早朝の六ツ半（午前七時）だというのに、ひたいには大粒の汗を浮かべていた。

深川のどこの普請場も、雨続きで家造りの仕事が中断していた。雨のなかでは、仕事の進めようがないからだ。

幾日も続いた雨には、大工も左官も、屋根葺きも壁作りも、普請にかかわる職人たち全員が、苛立ちを覚えていた。そして焦れる気持ちを抑え込むのに往生した。

十日ぶりに戻ってきた夏空である。

職人たちは明け六ツ（午前六時）の鐘を聞くなり、朝飯もそこそこに宿から飛び出した。そして、先を競って普請場に向かった。

七月五日の朝の光は強烈だった。

夜明け直後から、深川の地べたを朝日が照らし始めた。早朝だというのに、すでに光が白い。あたかも、いままで晴れが足りなかった分の、帳尻合わせをするかのごとくだ。

普請場の職人たちは仕事を始めるなり、半纏はもちろん、腹掛けまで脱ぎ捨てた。股引《ももひき》だけで、上半身は裸である。

それでも六ツ半の手前には、ひたいに汗を浮かべていた。それほどに、真夏の天道は威勢がよかった。

大粒の汗を、ひっきりなしに手ぬぐいで拭った。

「まったく、うっとうしい汗だぜ」

拭うたびに、仕事の手がとまった。それでも職人たちの顔は、大きくほころんでいた。

雨に降り込められて、初めて夏日のありがたさを思い知ったのだ。

だれもが、雨はもうたくさんだと思っている。早朝からひたいに汗を浮かべることになっても、強い陽光には心底から感謝をした。

「夏てえのは、こうでなくちゃあよう」

「まったくだ」

呑むそばから、水は汗に変わった。が、職人はその汗を喜んだ。

上天気は、夕方になっても続いていた。

暮れ六ツ（午後六時）の鐘の音が、染谷の治療院に流れ込んできたとき、遅い行水のあとで、染谷は身体のしずくを拭っていた。

「どうぞ」

身体を拭き終えた染谷に、太郎は越中ふんどしを差し出した。

「今日は六尺を締める」

「あらまあ……めずらしいこと」

立ち上がった太郎は、簞笥《たんす》から真新しい木綿を取り出した。

夏場の染谷は、下着に越中ふんどしを好んだ。六尺を締めるより、越中のほうが手軽で、しかも蒸れないからだ。

その代わり締めるのが楽な分だけ、気持ちの踏ん張りがゆるくなった。

染谷はこのあとで、野島屋仁左衛門の招きを受けて外出をする。遅い行水も、仁左衛門の招きに応ずるためだった。

七月二日は、ひどい雨降りだった。その日の午後に、仁左衛門と物乞いのこどもが治療院に担ぎ込まれてきた。

川に落ちたこどもを、仁左衛門は助け上げようとした。ところがうまく運ばず、仁左衛門も川に落ちた。挙句、川水を呑んで溺れてしまった。

しかし、それは結果である。

泳ぎのできない大店《おおだな》の当主が、川に落ちた物乞いのこどもの命を救おうとしたのだ。

この振舞いを、染谷は高く買った。

泳ぎのできない者は、穏やかな流れであっても川辺に近寄るのを怖がる。ましてや、あの日の大横川は増水して大きな音を立てて流れていた。

そんな川を見れば、恐怖心が湧き上がっても当然である。怯《おび》えを抑え込んで人助けをしようとするのは、並のことではなかった。

しかも仁左衛門に救いを求めたのは、野島屋とはなんのかかわりもない、物乞いの母親である。土手を通っている者は皆無で、四方に他人の目はなかった。たとえ仁左衛門が知らぬ顔を決め込み、その場を通り過ぎても……。

咎《とが》め立てをする者はいない。物乞いに声をかけられても、大店の当主は相手にしない。それが、世の中の習いだからだ。

にもかかわらず、仁左衛門は母親の懇願を聞き入れた。が、それは身の程知らずの暴挙だった。

もしも泳げない者が、溺れている者を助けようとしたら……おのれの命をも危うい目に遭わせる。そんな道理は、寺子屋に通うこどもでも分かることだ。

仁左衛門はしかし、助けようとした。そしてしくじり、自身も生き死にの瀬戸際に立つ羽目になった。

すべての次第が明らかになったあとで、染谷は仁左衛門を見直した。

これまで何度も、染谷は仁左衛門とかかわりを持ってきた。

算盤には長《た》けていても、人情の機微とは縁のない生き方をする男。

野島屋当主を、染谷はこう判じてきた。情に薄い男だと断じたものの、大店の当主ならそれもやむなしと思った。

身代を大きくし、それを守り、あとを継ぐ者に譲り渡す。大店の当主が負う一番の責めはこのことだと、染谷は理解していたからだ。

ところが、仁左衛門は情のある男だった。しかも人目のないところで、命がけの善行を為《な》す男でもあった。

これから染谷が出かけるのは、その人物からの招きである。

行水を使い、六尺をきりりと締めて向かう。これは相手に対する敬意であり、染谷の誠意でもあった。

背筋を伸ばして、染谷は治療院を出た。

「行ってらっしゃいませ」

戸口に立った太郎は、いつにも増していねいな物言いで染谷を送り出した。

二

仁左衛門は深川で一番格式の高い料亭、『江戸屋』の離れで待っていた。

江戸屋の敷地は、およそ七百坪。そのうちの四百坪を充てて、泉水と築山《つきやま》が造園されている。

離れ座敷の障子戸を開けば、緑濃い築山が一望できた。

江戸屋には、離れが四棟普請されていた。いずれも十六畳の広さがあり、どの離れからも庭が望めた。

仁左衛門が待っていたのは、四棟のなかでも一番拵《こしら》えのよい離れだった。柱や天井はもちろんのこと、板の間に至るまで檜《ひのき》が使われている。床の間には、江戸でも何幅もないといわれる本物の雪舟が掛けられていた。

「お見えになりました」

仲居の案内で染谷が離れにあらわれると、仁左衛門は座布団からおりて迎えた。

「ご足労をいただきまして」

「わしのほうこそ、見事な離れに招いていただいたようだ。礼を言います」

互いにあいさつを交わしたあと、染谷は格別に辞退もせず床の間を背にして座った。

染谷の膝元には、井戸水で冷やした手ぬぐいが差し出された。

「これは？」

「おしぼりでございます」

手を拭えば、心地よさを味わっていただけるかと存じます……仲居の口上に、染谷は目を見開いた。

「おしぼりとは、付けたものだ」

知らぬことにはもったいぶらず、素直な驚きを示すのが染谷の流儀である。まだ年若い仲居は、そんな染谷に好ましげな眼差しを注いでいた。

おしぼりで手を拭い終わるのを、どこかで見ていたのだろう。染谷が手ぬぐいを漆塗りの膳に戻すと、すかさず茶が運ばれてきた。

漆黒の膳に置かれた湯呑みを見て、染谷はまたもや目を見開いた。

「この湯呑みは、肥前の……」

焼物を見て歩くのは、染谷の愉《たの》しみのひとつである。描かれた絵柄と、磁器ならではの薄さから、染谷は湯呑みが有田焼だろうと判じた。

上物の有田焼は、湯呑み一客で三両は下らない。道具屋で、有田焼を手に持ったことはあった。しかし実際に使われているのに接するのは、今宵が初めてだった。

茶を運んできた仲居は、染谷に向かってこくっとうなずいた。藍色の湯呑みの上品さを、黒い膳が際立たせていた。

泉水を渡った夕風が、座敷に流れ込んでいる。湯呑みから漂い出る上煎茶の淡い香りが、ゆらゆらと揺れた。

床の間には雪舟の軸。

煎茶を供する湯呑みは、藍色有田焼。

そして離れは、総檜造りの拵えである。

この極上の座敷に招くことで、仁左衛門は目一杯の敬意を染谷に示していた。

あらかじめ、仁左衛門から指図を受けていたのだろう。茶菓を供したのちは、仲居は離れから出て行った。

ふたりだけになったところで、仁左衛門は膝を揃えて座り直した。あぐらの染谷も、背筋を張って居住まいを正した。

「このたびは、てまえの命を助けていただきました。あらためまして、厚く御礼を申し上げます」

座布団から、おりはしなかった。が、仁左衛門は畳に両手をついていた。

「仁左衛門殿のお気持ちは、確かに受け取りました」

染谷も、ていねいな物言いで応じた。

仁左衛門は、畳についた手を膝に戻した。顔をあげると、染谷の目を見詰めた。

「このたびのことを通じまして、幾つも道理を思い知りました」

この歳になっていまさら、まことに恥ずかしい限りでございますが……仁左衛門は、染谷から目を逸《そ》らさずに言葉を続けた。

「酒肴《しゅこう》の前に、てまえが話をさせていただくのを、お許し下さりましょうか？」

「遠慮は無用です、存分に」

「ありがとうございます」

大きな息を吸い込んでから、仁左衛門は話に入った。

「先生に呼び戻していただけたことで、てまえは三途の川を渡らずに済みました」

長い話に入るための備えなのか、仁左衛門は有田焼の湯呑みに口をつけた。


増水した大横川は、凄まじい音を立てて流れていた。

危ない、このままでは溺れてしまう。

そう感じたときには、仁左衛門はすでに川水のなかに沈んでいた。

息苦しくて、手足をバタバタさせた。が、手も足も、なにひとつ摑むことも、触れることもできなかった。

苦し紛れに息を吐いたら、ブクッと大きな泡が口の前に生じた。その泡と入れ替わるように、濁り水が口のなかになだれこんできた。

吐き出すつもりが、逆に呑み込んだ。それで一気に息が詰まった。手足が急に重たくなった。

ああ……沈んでしまう……。

ぼんやりと、そんなことを思った。が、身体から力が抜けていて、指一本すら動かすことができなかった。

目の前が灰色になり、次第に色味が濃さを増した。やがては漆黒が目の前に迫ってきた。ゆっくりと黒い幕がおりたあとは、吸い込まれるように眠りに落ちた。

「いつまで眠ってらっしゃるの」

「そろそろ、お目覚めになってはいかが」

耳元でやさしくささやかれて、仁左衛門は目が覚めた。ピカピカと黄金色に輝く冠をかぶった女人ふたりが、仁左衛門の顔をのぞきこんでいた。

ひとりは紫色、もうひとりは桃色の薄物を羽織っていた。

「ずいぶん心地よさそうに、お眠りになっておいでしたのね」

「ここは、いったい……」

どこにいるのか。

女人ふたりがだれなのか。

仁左衛門には、まるで見当がつかなかった。戸惑い顔でふたりを見詰めていると……。

「ここは、あなたの寮（別邸）ですのよ」

「今日こそはお見えになるだろうと思って、朝からずっとお待ちいたしておりました」

桃色を羽織った女人が、川の流れの対岸を指差した。黄金色の屋根が、天上から差す光を浴びて照り輝いている。

建物の前の庭では、とりどりの色味の花が咲き乱れていた。

「せっかく寮が仕上がりましたのに、なかなかお見えになりませんでしたから」

「みんな、すっかり待ちくたびれてしまいましたのよ」

女人の声が、川に浮かんだ渡し舟の船頭にも届いたらしい。仁左衛門に向かって、船頭がにっこりと笑いかけてきた。

船頭も、女人たちと同じような黄金色に輝く、大きな笠をかぶっていた。

「あの寮の普請を、あたしがだれかに頼んだというのか」

得心のいかない仁左衛門は、つい尖り気味の口調で質《ただ》した。

「寮だけではありませんのよ」

「どういうことだ、それは」

仁左衛門は、さらに強い口調で問うた。

「寮の屋根も、わたしたちがかぶっている冠も、船頭のあの笠も、どれも全部あなたが黄金で誂《あつら》えられたのですよ」

紫の薄物を羽織った女人が、歌うような口調で説明をした。天上からの光が強くなったのか、黄金色が一段と輝きを増した。

「まだ得心がいかないようですのね」

桃色女人が、からかうような口調で話しかけてきた。仁左衛門は、なぜかその物言いが癇《かん》に障った。

「藪から棒にあれこれ言われても、得心のいくわけがないだろう」

声を荒らげたら、船頭が渡し舟の舳先《へさき》を岸辺に向けた。川に棹をさすと、舟は岸辺に向けて動き始めた。

「そろそろ、向こう岸に渡りましょう」

「寮に入れれば、きっとなにごとにも得心がゆくでしょうから」

女人ふたりが、仁左衛門の腕を取って立ち上がらせようとした。驚くほどに力が強く、仁左衛門はひょいっと立ち上がった。

船頭が、二度目の棹をさした。渡し舟は凄まじい速さで岸辺に着いた。

「舟の支度もできましたから」

両腕を摑まれた仁左衛門は、舟に向かって歩き出した。胸の内では、行きたくないと強く感じていた。しかし女人たちは、ずんずんと舟に向かって歩いた。

「待ちなさい」

背後からの声に、仁左衛門は聞き覚えがあった。男の声だが、女人のものとは比べものにならないほど、その声音に安らぎを覚えた。

「振り返ってはだめですよ」

「まっすぐ前だけを見ていてください」

女人が耳元でささやいた。その声を聞くと、胸の内にざらざら感を覚えた。

仁左衛門は全力を集めて、首だけを後ろに回した。

前方には、天上からの光がさしている。花も屋根も川面も、キラキラと輝いて見えた。

振り返った後方は、一面が鈍色《にびいろ》だった。仁左衛門に呼びかけていたのは、物乞いの身なりをした染谷だった。

右手には、槍のように長い鍼を持っていた。

「その川を渡ってはいかん。わしと一緒に帰りなさい」

染谷が口を開くと、耳のあたりまで裂けた。真っ赤な舌が、その口のなかでうごめいている。目を逸らしたくなるような不気味さだ。

しかし仁左衛門は、染谷の声にはなぜか深い安らぎを覚えた。

「分かりました、戻ります」

仁左衛門が答えたら、女人ふたりはなにも逆らわずに手を放した。染谷に近寄ってから、仁左衛門はもう一度、女人たちのほうを振り返った。

女人の顔が般若《はんにゃ》に変わっていた。

ぎょっと驚いた仁左衛門は、思わず目を閉じた。


「あの川は、まぎれもなく三途の川でした」

きっぱりと言い切った仁左衛門は、湯呑みの上煎茶を美味《うま》そうに飲み乾した。

「あの川を渡らずに済んだのは、先生の鍼のおかげです」

ふたたび畳に両手をつき、仁左衛門はあたまを下げた。

「礼は充分に聞かせていただいた」

あたまを上げてくだされと、染谷は頼んだ。

「ありがとう存じます」

顔を上げるなり、仁左衛門は手を叩いた。

離れに酒肴が運ばれてきた。

三

染谷と仁左衛門の膳には、目板ガレイの一夜干しが載っていた。江戸屋ほどの料亭が客に出す献立としては、魚の一夜干しはいささか風変わりである。

しかし夏場の仁左衛門は、五日に一度はこの一夜干しを賞味していた。

「七月五日の夜、離れにふたり分の席を用意していただきたい」

野島屋の番頭から注文があったのは、七月三日の午後である。仁左衛門はそのときからすでに、今宵の献立を考えていた。

「旦那様の好物のアレを、ぜひとも献立に加えていただこう」

「うけたまわりました」

仲居頭は、顔色も変えずに注文を受けた。

江戸屋が客に供する献立である。たとえそれが一夜干しといえども、受けたからには念入りな仕込みに取りかかった。

七月四日の朝は、江戸屋の板長みずから魚河岸に出向いた。そして、一尺（約三十センチ）の目板ガレイ二尾を仕入れた。

カレイに庖丁をいれて、わたを取り除いたのも板長だった。

播州赤穂《ばんしゅうあこう》の塩を溶かして拵えた立て塩（塩水）には、分厚い昆布が加えられている。その立て塩に、庖丁の入った目板ガレイ二尾をつけた。

「おい、小吉」

板長は、追い回し小僧を呼び寄せた。

「野島屋さんが、明日の宴席で召し上がる魚だ。きっかり四半刻が過ぎたところで、立て塩から引き上げろ」

「はいっ」

甲高い声で返事をした小僧は、ただちにひとつ、ふたつと数を数え始めた。二千を数え終わると、両手でカレイをつかんで立て塩から引き上げた。

四半刻は二千、半刻（一時間）が四千というのが、江戸屋の決めだった。

板長はカレイに酒を振りかけて、風味をつけた。そののちカレイのあたまに金串を突き通すと、風通しのよい場所で陰干しを始めた。

一刻半（三時間）の陰干しのあと、板長はカレイの表面を人差し指の腹で触った。表面が軽く乾いているカレイは、触るとねっとりとした感じが指の腹に伝わった。

板長は、焼き方の板場を呼び寄せていた。

「それに触れてみねえ」

焼き方は宝物に触るような手つきで、陰干しのカレイに触れた。

「いまの感じを、おめえの人差し指にしっかりと覚えさせておきねえ」

追い回し小僧、焼き方の板場、それに板長の三人が、二日がかりで仕上げた目板ガレイの一夜干しである。

魚は裏表とも、背身と腹身の間、そして左右両方の縁側に、食べやすいように庖丁で切り込みがされていた。

魚の付け合わせは、白うりの雷干しである。稲妻が走るような、くるくる巻きの仕上げが、その名の由来だ。

手早く三杯酢をくぐらせた白うりには、削り節がまぶされていた。


「健やかな身体で生きていられてこその話だと、心底から思い知りました」

しみじみとした口調で言ってから、仁左衛門は一夜干しに箸をつけた。

「これはまた……なんとも見事な味だ」

好物であるがゆえに、味のよしあしには舌が敏感に応ずるのだろう。仁左衛門は話を途中にしたまま、一夜干しに夢中になった。

しばし食べ続けてから、仁左衛門はおのれの無作法に思い至ったらしい。

「あまりの魚の美味さゆえに、先生との話をうっかり忘れてしまいました」

仁左衛門はきまりわるそうな顔で、あたまに手を当てた。いつもの仁左衛門とも思えない、あけすけで素直な物言いである。

「そなたが今し方、言われた通りだ、なんら気にすることもない」

健やかな身体で生きていられてこそ……。

モノが美味く食べられるのも、身体が健やかなればこそだと、染谷は言葉を続けた。

「まさしく、そのことです」

それではいま一度、無作法をお許しいただいてと断わってから、仁左衛門はカレイの残りに箸を伸ばした。

「いやはや、美味だ」

庭の鹿威《ししおど》しの乾いた音が、仁左衛門の声に重なった。

四

江戸屋が調えた献立は、味付けも分量も、染谷の齢《よわい》に見合った、ほどよいものだった。

野島屋の番頭がつけた注文は、目板ガレイのみである。その他のすべては、江戸屋の板長に委《ゆだ》ねられていた。

染谷の年齢を聞かされていた板長は、味付けを一段薄くしたうえで、歯が丈夫でない者でも噛みやすい食材を用いていた。

夏の貝といえば、あわびである。歯ごたえのある、あわびの造りを望む者も少なくない。

しかし板長は、あえてあわびを蒸籠《せいろう》で蒸した。

染谷の歯は、まだそれほどに傷んではいなかった。が、ものを嚙み切る前歯は、上の歯の根元がいささかゆるんでいた。

食事を終えたのを見計らって、女将があいさつに顔を出した。染谷は供された献立の気遣いに対して、仁左衛門に礼を言った。

「てまえは格別な指図をいたしたわけではありません」

すべては板長と女将の心遣いですと、仁左衛門は江戸屋を称えた。

形式ばった席が苦手の染谷は、滅多なことでは料亭の宴席に臨むことはなかった。

さりとて、美味いものは大好きである。

とりわけ連れ合いの太郎は、味の目利きだった。辰巳芸者のころ、毎夜の宴席でしっかりと舌を鍛えていたからだ。

食通ぶるのは、染谷の流儀ではない。が、献立のうまい、まずいは、確かな言葉で評した。

「カレイの一夜干しには、灘酒の風味と、昆布の旨味《うまみ》がしっかりと染み込んでいた。蒸しあわびのほどよい柔らかさには、板長の腕のほどがよくあらわれている」

染谷の褒め言葉を聞いているうちに、女将の顔色が変わった。

「わしのような者の耳にも、こちらの高名は聞こえておるが、まさしく名に恥じない逸品ぞろいだった」

「染谷先生のよろしきおうわさこそ、てまえどもの仲居にも板場にも、しっかりと聞こえております」

折りがございましたら、ぜひ一度治療を受けさせていただきたい……江戸屋の女将は、正味の言葉で染谷の誉め言葉に応じた。

女将は、染谷の舌がいかほど鋭いかには、ひとことも言い及ばなかった。が、返したときの物言いには、染谷への敬いの思いが満ちていた。

女将と仲居が離れから下がったところで、仁左衛門が口を開いた。

「恥ずかしながらこの歳になるまで、命と金《かね》とは等しい重さがあるものだと、思い込んでおりました」

気を失っていた折りに見た夢の話を、仁左衛門はもう一度口にした。

女人の冠。船頭の笠。寮の屋根。

黄泉《よみ》の国の眺めは、すべてが黄金色に光っていた。

対する現世は、鈍色に沈んでいた。仁左衛門を助けにきた染谷は、あろうことか物乞いの身なりだった。しかもモノを言えば、口が耳のあたりまで裂けた。

「あれこそが、てまえの思い違いのあらわれでした」

金を尊ぶ性根が、黄金色の風景を描き出した。が、それらはすべて、黄泉の国だった。

「たとえ小判を敷き詰めたうえに寝ようとも、身体が健やかでなくては、なんのことでもありません。ところが健やかさは、金では買えません」

おろかにも、そのことに思い及んだことは一度もなかったと、仁左衛門は胸の内を吐き出した。

「てまえはいまを限りに、金儲けだけに走ることとは縁を断ち切ります」

気負いのない物言いだが、口調にはいささかの迷いもなかった。染谷は口を挟まず、話の先を目で促した。

「さりとて、てまえは商人《あきんど》です。商人は儲けのない仕事をしてはならないというのが、野島屋の家訓です」

仁左衛門は、澄み切った目で染谷を見た。染谷はわずかなうなずきで応じた。

「番頭が旗を振って推し進める商いでは、この先も儲けを追い求めるでしょう。その姿勢に、てまえはいささかも異存はありません」

仁左衛門が金の追求から縁を断ち切るのは、みずからの生き方に対してである。

家業では、この先も儲けを貪欲《どんよく》に追い求める。それはなにも変わらない。

商いで得た実入りは『三分割の掟《おきて》』に従うというのが、野島屋の家訓だった。

一年の実入りの三分の一は、奉公人の給金に充てる。

次の三分の一は、身代を守る蓄えとする。

そして残る三分の一が、奥（当主家族）の費えとなる。

これが三分割の掟である。

「奉公人の給金には、いささかも手をつける気はありません」

身代の蓄えと、奥の費えが、一年の実入りの三分の二を占めるわけだ。

いまの野島屋は、およそ四千五百両が経費を除いた粗利《あらり》として手元に残っていた。

千五百両が、奉公人の給金である。

野島屋の奉公人は、下男や小僧まで加えれば、およそ九十人だ。一番人数の多いのが、荷運びの仲仕衆である。他の奉公人よりも、仲仕は給金がよかった。

とはいえ九十人で単純に均《なら》したとしても、ひとり十六両以上の給金である。他の大店と比べても、野島屋の給金は高かった。

残る三分の二を今年の実入りに当てはめれば、三千両ということになる。その一割を、この先野島屋の身代が続く限り、毎年世のために役立てようと、仁左衛門は思案を定めていた。

三千両の一割といえば、三百両にも上る大金である。

「今朝ほど嶋田屋の番頭さんと、この仕組みについては話し合いをいたしました」

嶋田屋は、野島屋の蓄えなどを預かっている門前仲町の両替商である。仁左衛門は両替商の番頭と面談し、毎年、実入りの三分の二のなかから一割を取り除くようにと申し入れを行っていた。

「そこで染谷先生に、たってのお願いごとがございます」

仁左衛門は顔つきをあらためた。

染谷も丹田《たんでん》に力をこめて、仁左衛門の眼差しを受け止めた。

「ことの始まりの三百両をお使いいただき、若い子たちが鍼灸《しんきゆう》を習得する寺子屋をお造りいただけませんか」

三百両全額を、寺子屋の運営に充当してほしい。染谷のめがねにかなった鍼灸の師匠も、そのカネで雇い入れてもらいたい。

教わりたいという子は、可能な限り受け入れる。その子たちが一人前の鍼灸師に育ってくれれば、かならず世の中の役に立つに違いない。

条件はたったひとつ。カネが野島屋から出ていることは、口外しないこと。

世のためにカネを遣うなどと、恥ずかしくてひとには知られたくない……仁左衛門は、熱い口調で染谷に訴えかけた。

「喜んで引き受けましょう」

染谷は快諾した。

いまの心根の仁左衛門なら、醬油問屋野田屋のごたごたを片付けることにも、私心なく力をふるうやもしれぬ……染谷は、胸の内でそんな思案もめぐらせていた。

「鍼ごたえがあったの」

染谷のつぶやきは仁左衛門の耳に届く前に、鹿威しの音に消された。

紅蛇《べにじゃ》の目

一

七月二日の大雨以来、江戸にはまったく雨が降らなくなった。

毎朝明け六ツ（午前六時）には大きな天道《てんとう》が、律儀に洲崎沖の海に顔を出す。まだ赤みの強いあけぼのの光は、深川の裏店《うらだな》にも届いた。

夜明けあとの、わずかなひとときだけ裏店に差す光である。

総楊枝《ふさようじ》を手にした大工職人が、井戸端で口をすすいでいる。その大工を、顔を出したばかりの朝日が照らしていた。

「おう、今朝もはええじゃねえか」

同じ裏店に暮らす左官が、井戸端に出てきた。大工と同じように、片手には総楊枝を持っていた。

「ゆんべはうっかり、焼酎を呑み過ぎちまってよう」

吐く息には、まだたっぷりと焼酎のにおいが残っている。左官は大きなあくびをひとつしてから、綱にくくりつけた桶を雑な手つきで井戸に落とした。

ポチャンッ。

井戸の底で音がたった。先日の井戸浚《さら》えで、深さ四間（約七メートル）の井戸をきれいに浚ったばかりである。

ガラクタを取り除いた井戸は、桶が水面にぶつかると軽やかな音を立てた。

桶を吊るしている麻綱も、井戸浚えで取り替えたばかりである。左官が力任せに引っ張りあげても、新品の綱は軋《きし》み音も立てなかった。

汲み上げた井戸水を、左官は小さな湯呑みですくった。残りの水は宿から手にしてきた丸い桶に移した。

湯呑みの水を口にふくみ、ガラガラと音をさせてうがいをした。井戸端に吐き出したあとも、左官の息から焼酎くささは消えていなかった。

「深川の井戸水の、たったひとつのいいところはよう」

「なんでえ」

口をすすぎ終わっていた大工は、めんどうくさそうに答えた。顔をしかめているのは、酒臭い左官の息がうっとうしかったのだろう。

「水が塩っ辛いんで、うがいにも口すすぎにも塩がいらねえてえことよ」

「そんなことかよ」

つまらないという顔で答えた大工は、空を見上げてふうっと吐息を漏らした。

「なんでえ、おめえ……朝っぱらから、ためいきをついたりしてよう」

左官は大工の胸元に向けて、総楊枝を突き出した。

「ゆんべはおっかあとのナニが、過ぎたんじゃねえか」

左官は目元をゆるめた。ヤニで黄色くなった歯がこぼれ出た。

「つまんねえことを言うんじゃねえ」

真顔で怒ってみせた大工は、もう一度夜明けの空を見上げた。天道が放った朝の光が、斜め上の空にも届いている。

濃紺だった明け六ツ直後の空が、薄い水色へと染め替えられつつあった。

「見ねえ、あの空を」

大工は上空を指差した。

「まだ明け六ツの鐘から間がねえてえのに、もうあんな色味に変わってやがる」

話している間にも、空は昼間の蒼みへ近づいていた。

「いまからこんな調子じゃあ、今日もまた目いっぱいに晴れるだろうよ」

「上天気なら、なによりじゃねえか」

なんの文句があるんでえと、左官は口を尖らせた。

大工も左官も、ともに表仕事の職人である。雨は仕事のはかどりの足を引っ張るが、晴れは後押しをしてくれた。

とりわけ晴天の強い日差しがあれば、壁土の乾きがいい。大工がカンナをかけるにしても、大《お》鋸《が》挽《ひ》きが丸太を挽くにしても、晴れは味方だった。

「晴れた空には、なんの文句もねえさ。ありがてえに決まってらあ」

「だったら、そんな顔をすることもねえだろうがよ」

左官はさらに口を尖らせた。吐く息の勢いが強くなっている。顔をしかめた大工は、一歩後ろに下がった。

「いまの普請場には、お天道さんをさえぎるものが、なんにもねえからよう。仕事始めから日暮れまで、陽にあぶられっ放しになっちまうのよ」

大工は袖をまくりあげて腕を見せた。二の腕まで、赤銅《しゃくどう》色に日焼けしている。

顔も首も、腕と同じ色合いになっていた。

「仕事がはかどるのはありがてえが、今年の夏の晴れ続きは尋常じゃあねえ」

言い終えた大工は、首に巻いた手ぬぐいで顔を拭いた。洗顔を終えたばかりだというのに、はやくも大工のひたいには汗が浮かんでいた。

二

「昼前の稽古はここまでだ」

七月十五日の九ツ（正午）前。染谷の声が広間の端にまで届いた。決して大声ではない。しかしこどもたちは、染谷の話すことをひとことも聞き漏らすまいとして、耳をそばだてている。

話しかけるのは小声で充分だった。

とりわけいまは、稽古終了の触れである。あとには板の間に移って、楽しい昼飯が待っているのだ。たとえささやき声だったとしても、こどもたちは聞き逃さなかったに違いない。

「先生、ありがとうございました」

一番元気な返事をしたのは、通い大工の長男、新太《しんた》だった。

「どうだ新太、もう眠くはないか？」

染谷の問いかけに、こどもたちが噴き出した。今日の新太は、染谷が話をしている途中で、何度も舟を漕いでいた。

染谷は居眠りを見つけても、叱ることはしなかった。叱責の代わりに、灸をすえるか、ツボに軽く鍼を打ってこどもの眠気を追い払った。

しかし今日の新太には、いずれの手も講じなかった。こどもの様子が、あまりに眠たげに見えたからだ。

鍼灸をなにも施さず、新太の居眠りをそのままにさせていた。

「今朝の新太は、そっとしておいてやりなさい」

染谷の指図で、こどもたちも余計な手出しはしなかった。新太は杉の机に突っ伏したまま、軽い寝息までたてていた。

そんな新太が、威勢のいい返事をした。稽古のあとの昼飯を楽しみにしてのことである。

「おまえ、ゆうべはちゃんと寝たの？」

新太に問いかけるつつじの声は、曇っていた。

新太もつつじも、佃町の藤次郎店《とうじろうだな》から稽古に通っている。つつじは新太の向かい側に暮らす、石工職人《いしく》の長女だ。

新太はひとりっ子だが、つつじは三人姉妹の長女である。

「新太はまるっきり、つつじちゃんの弟みたいだね」

藤次郎店の住人は、新太を可愛がるつつじを見て目を細めた。

弟がほしかったつつじは、染谷の稽古場にいる間も、あれこれと世話を焼いた。その姿は、まさに姉そのものだった。

「四ツ（午後十時）の鐘がなったときには、ちゃんと寝てたよ」

新太が邪険な口調でつつじに答えたとき、太郎が板木《ばんぎ》を叩いた。昼の支度が調《ととの》ったという合図である。

「机を片付けてから行きなさい」

「分かりました」

染谷の言いつけに従い、こどもたちは一斉に片付けを始めた。

揃いの木机は、杉で誂《あつら》えたばかりである。一寸（約三センチ）の厚みがある土佐杉は、強い香りを放っていた。

机には同じ土佐杉で拵《こしら》えた、ふた付きの整理箱が置かれている。こどもたちは鍼灸の道具を整理箱に仕舞った。

最初に道具の片付けが終わったのは、新太である。

「つつじねえちゃん、はやくしてよ」

箱のふたを閉じた新太は、つつじをせっついた。

「なによ、今日はずっと居眠りばっかりしてたくせに。そんなに早くごはんが食べたいんなら、先に行けばいいでしょう」

新太の自分勝手な振舞いに、さすがのつつじも腹立ちを覚えたのだろう。応えた声は尖っていた。

「ごめんなさい……」

意外にも新太は素直に詫びた。新太なりに、つつじを姉だと思って慕っていたのだろう。

つつじは急ぎ、整理箱のふたを閉めた。

「いいよ」

新太ににっこり笑いかけたあとで、手をつないで板の間へと向かった。

七月五日に、染谷は野島屋仁左衛門から強い申し入れを受けた。

「染谷先生の手で、こどもたちに鍼灸を教える稽古場をお造りいただきたい」

入用な費えは、野島屋が全額を負担するという。

野島屋に限らず大店《おおだな》の多くは、一年の実入りを三つに分けた。

奉公人の給金。店の蓄え。奥の費え。

それぞれに実入りの三分の一ずつを充当した。稽古場の費えには店の蓄えと奥の費えの一割を充てると、仁左衛門は申し出た。

今年でいえば、一割は三百両である。

「店の蓄えと奥の費えの一割と申しましたが、三百両を下回ることのないように、番頭には言いつけておきます」

毎年三百両であれば、野島屋の商いがたとえ思わしくなくなったとしても、負担できる金額だと仁左衛門は判じていた。

ひとたび稽古場を始めたとなれば、途中でやめることはできない。

染谷が達者な間は、染谷の手で。

そのあとは、染谷の教えを受けた弟子の手で稽古場を続けてもらいたい。末永く続けるためには、野島屋が負担する一年ごとの費えに無理があってはいけない。

年に三百両であれば、野島屋末代までも用立ての責めを負える金額である。

「てまえどもの屋号をつけた商いなら、たとえ途中で行き詰まりましても、それは野島屋の恥ですみます」

仁左衛門は居住まいを正して、染谷を見つめた。大店の当主ならではの強い光が、両目に宿されていた。

「しかし稽古場は、染谷先生が矢面《やおもて》に立って切り盛りをなさることです。もしも途中で取りやめるようなことになれば、染谷先生のお名前に泥を塗ってしまいます」

やり始めたら、途中で行き詰まるわけにはいかない。ゆえに費えは、野島屋が負担できる金高に限らせていただきたい……これが仁左衛門の申し出の骨子だった。

「一年に三百両は、仁左衛門どのが言われるような、限られた金高ではない。わしらの暮らしにあっては、途方もない大金だ」

染谷は強い口調で応じた。が、三百両を限られた金額だといって、仁左衛門を非難しているわけではなかった。

「毎年、それだけのカネを遣えれば、大きな人助けができる」

仁左衛門の申し出を、染谷は快諾した。

「わしひとりの手で足りないことは、ひとを雇ってでも成し遂げる。費えに心配がなければ、有能な者を雇い入れることもできるだろう」

「なにとぞ、よしなに」

軽くあたまを下げたあとで、仁左衛門はもうひとつ頼みがあると切り出した。口調が変わっている。

「うかがわせていただこう」

応じた染谷はあごを引き、顔つきも引き締めた。

「頼みと申しますのは……」

あとの言葉が出にくいらしい。仁左衛門は、ウウンッとカラの咳払いをした。

「この稽古場の費えを、てまえどもが負っておりますことは、なにとぞご内聞に願います。頼みと申しますのは、そのことでございます」

ひとに知られずに為してこそ、善行に値打ちがある。声高に世のためにカネを遣っていると言いふらすのは、深川商人には恥でしかない。

言葉の結びを、仁左衛門は迷いのない口調で言い切った。

「うけたまわった」

染谷は仁左衛門を見詰めたまま、しっかりと請合った。

「三百両は一年を三回に分けて、百両ずつ番頭に届けさせます」

初回の百両は明日にでも届けると、仁左衛門は言う。染谷はこの日の話し合いのなかで、初めて仁左衛門の申し出を拒んだ。

「盗人への備えが皆無の宿に、百両の大金を置くのは沙汰《さた》の限りだ」

ほかに手立てはないのかと、仁左衛門に問うた。

「それはまことに、軽率でした」

染谷に断わりを言ったうえで、仁左衛門は煙草盆を引き寄せた。立て続けに二服を吹かしたが、妙案には行き当たらなかった。

座り直し、三服目の煙草をキセルに詰めている途中で、顔つきが明るくなった。

「嶋田屋のご隠居に、一肌脱いでいただきましょう」

稽古場の費えは、毎年七月に嶋田屋に預け入れをする。染谷の名で口座を開く。

今年は三百両だが、来年以降は額が増えるかもしれない。この口座については、嶋田屋は一年三分の預かり賃を安くする。

染谷は入用に応じて、嶋田屋の口座からカネを引き出す。もしも今年七月からの一年間で三百両を使い切らなくても、余ったカネは嶋田屋が預かっておく。

こうすれば染谷は、余計なカネを手元におくことはなくなる。入用な都度、嶋田屋に出向く手間はかかるが、盗賊や火事、洪水・地震などを案ずることはない。

「いかがでございましょう」

思いついた思案を、仁左衛門はまんざらでもないと思っているらしい。問いかける顔がほころんでいた。

「なによりの妙案だ。ぜひにもあちらの隠居を口説いてもらいたい」

「おまかせください」

仁左衛門は染谷と別れたその足で、嶋田屋の隠居をたずねた。ひとをたずねるには遅い刻限だったが、仁左衛門は一刻でも早く嶋田屋甚右衛門に、口座開設を掛け合いたかったのだ。

「おもしろい話じゃないか」

嶋田屋の隠居は、その場で口座開設を快諾した。嶋田屋ほどの両替商大店に口座を開くのは、並の腕力ではできない。

開設が決まり、仁左衛門は大いに安堵した。が、すぐに顔つきをさらに引き締めた。

「じつはご隠居、もうひとつお願いがございまして」

預かり賃のことで……と言いかけると、甚右衛門は野島屋の言葉をさえぎった。

「あんたが、身銭を投じてやり続けようという善行だ、うちも及ばずながら手助けをさせてもらう」

染谷の口座残高が幾らになろうが、一文も預かり賃は無用だと断言した。

一年三分だとして、三百両の預かり賃は九両になる。飛び切り腕のいい大工が、一年がかりで稼ぎ出す手間賃が九両だ。

野島屋は厚く礼を伝えた。

「遅ればせながら人助けの手伝いができれば、閻魔《えんま》様の覚えも少しはめでたくなるだろう」

隠居は真顔でこれを口にした。

染谷と仁左衛門が話し合った翌日から、すべてが動き始めた。

染谷は出入りの指物師《さしもの》に、杉の机と整理箱の誂えを頼んだ。

「長らく使えるように、上物の杉を使ってもらいたい」

指物師は樫を勧めたが、染谷はこどもにはぜいたく過ぎると断わった。費えに糸目はつけない。さりとて、ぜいたくは無用である。

机の誂え注文を済ませたあとで、染谷は太郎にこどもたちの昼飯作りを頼んだ。

昼の給食も仁左衛門の思案だった。

「稽古のあとで、美味《うま》い昼飯が食べられるとなれば、こどもたちも一段と熱をいれて稽古に励むでしょう」

昼飯を供してやれば、午後も鍼灸の実技と座学を続けて受けられる。メシのために、帰る必要がなくなるからだ。

「なによりの思案だ」

染谷は大いに得心した。

野島屋は何人もの丁稚《でっち》小僧を受け入れている。昼飯が近くなると、小僧たちはそわそわと落ち着かなくなることが多い。

こどもにとっては、昼飯と八ツ（午後二時）の茶菓は、一日のなかでなによりの楽しみである。

野島屋の小僧たちを見ていて、仁左衛門は昼の給食を思いついた。

「おもしろそう。ぜひとも、やらせてください」

太郎は大乗り気で、稽古にくるこどもたちの昼飯作りの支度を始めた。

流しの土間に、焚き口が四つの大型へっついを設《しつら》えた。鍋釜もあらたに大きな品を買い入れた。

なにしろこどもは九人もいる。だれもが食べ盛りで、ひとり一合のメシでは足りないと思われた。

「この歳になって、九人の子持ちになるとは思わなかった」

太郎は目を細めて、何度も同じ言葉を繰り返した。

「こんちはあ」

こどもたちが昼飯を食べ始めたとき、青物の担ぎ売り平吉《へいきち》が、台所の戸口に顔を出した。吊るした前後のザルには、緑色の葉物野菜が山積みになっていた。

「いま手が離せないんだけど」

太郎は味噌汁のお代わりをよそっていた。

「あたしが出ます」

土間に飛び降りたつつじは、平吉が届けにきた葉物の束を勘定した。

「八束でえす」

つつじの答えに、太郎はうなずいた。

「明日もおんなじ数だけお願いね」

「がってんでさ」

威勢よく太郎に応えた平吉は「まいどありい」と、大声の礼を土間に投げ入れた。

「ごくろうさまでした」

つつじの声に、平吉はカラになったザルを振って応えた。

白い日差しを、大横川の川面がキラキラと照り返らせている。その陽を浴びたいのか、一尾のボラがバシッと飛び跳ねた。

三

「あらまあ、おかねさんじゃないのさ」

「おせんさん……会いたかったわあ」

蓬莱橋《ほうらいばし》のたもとで、おんなふたりが甲高い声を交わし合った。

大きな天道が空の真ん中にいる、七月二十日の正午過ぎだった。

おせんは佃町の漁師の女房だ。

おかねは通い船頭の女房で、今年の二月まで佃町の裏店に住んでいた。

漁師と猪牙舟《ちょきぶね》の通い船頭では、生業はまるで違う。が、ともに船乗りである。女房ふたりは宿が近いこともあり、親しい付き合いを続けていた。

今年の二月、おかねの亭主専蔵《せんぞう》は柳橋に仕事先が移ることになった。

「柳橋の『ゑさ元』が、どうしてもおめえにきてもらいてえと言うんだ」

深川のあるじは、ゑさ元のあるじとは同じ船宿で船頭修業をした仲だ。ゑさ元の頼みは、断わりきれなかった。

「あっしが移って済む話なら、喜んでそうさせてもらいやす」

元々、回向院《えこういん》裏が在所だった専蔵は、文句も言わずに船宿を移った。ゑさ元のあるじが、専蔵一家の住まいも手配りした。

女房のおかねは、深川生まれである。柳橋もいいところだが、どうしても深川がなつかしくなってしまう。

なにかと用を拵えては、深川に出向いてきた。が、昔馴染みには会わないようにして、急ぎ柳橋に帰った。

会って話をすれば、なつかしさが募るに決まっている。深川に帰りたいと思うのがいやで、おかねはだれにも会わず、用だけを済ませて柳橋に戻っていた。

今回、つい深川に長居になったのは、染谷の治療院に用があったからだ。

「どうなのさ、あっちの暮らしは」

おせんに問われたおかねは、ふっと口ごもった。

「おかねさんには、やっぱりここがいいんだろうさ」

返事に詰まったおかねの代わりに、問うたおせんが自分で返事をした。おかねはあいまいな顔を、おせんに向けた。

「それで……今日はいったい、どんな用で深川まで出てきたのさ」

「うちのひとがまた診てもらいたいっていうんで、染谷先生に都合を聞きに行ったんだけど」

「どうしたのさ。なにか、おかしなことでもあったのかい?」

おせんは早口である。一気にまくしたてられたおかねは、こどもたちの給食の話を聞かせた。

「すごいじゃないかね、その話は」

おせんの大声に驚いて、橋を上りかけた男がふっと足をとめた。おせんの耳元に口を近づけて、ひとに話してはだめだとおかねは釘をさした。

「まかせてちょうだい」

おせんは胸元を叩いた。

「話してはダメって言われたら、あたしの口はサザエよりも固く閉じるんだから」

何度も胸を叩いて請合ったが……。

「こんな嬉しい話を聞いたのは、ほんとうに久々だよ」

八ツ前には、おせんは佃町の幾つもの裏店で、おかねから仕入れた話を振りまいた。話しているうちに、話はどんどん大きくなった。

「鍼の先生で、染谷先生というひとがいるんだけどさあ」

こどもを三十人も集めて、鍼灸の技を仕込んでいる。道具代、材料代は一文も受け取らずに。

「そんなことだけで驚いたらダメさ。あとの話は、もっとすごいんだから」

もったいをつけてから、おせんは話の後半部を語り始めた。

「こどもには毎日、尾かしらつきがお昼に振舞われるんだよ。お八ツは船橋屋のようかんを、一寸に分厚く切るんだって」

それらすべての費えを、野島屋が負担しているという噂だ。幾らかは分からないが、とにかく桁違いのカネを野島屋は出しているそうだ。

こどもたちが腕のいい鍼灸医になるようにというのが、野島屋の願い。

「こどもたちが鍼とお灸の稽古ができるように、身代が続く限りはおカネを惜しまずに出し続けるってさ」

おせんの話は、すでに方々が膨らんでいた。それを聞かされた者は、さらに尾ヒレをつけ加えた。七月二十日の夕刻過ぎには、膨れに膨れた話は、永代橋を西に渡った。

七月二十日に、小降りの雨が降った。月初めから十八日ぶりのお湿りだった。

雨は帳尻合わせをするかのように、二十四日まで降り続いた。が、ひどい降りではない。「威勢のいいお湿り」と呼べそうな雨だった。

「ごめんください」

七月二十四日の九ツ半（午後一時）過ぎ。六十年配の職人が、染谷の治療院をたずねてきた。

職人は油紙を巻いた細長い包みを抱えていた。

昼休みが終わり、午後の座学が始まったところだった。

「小網町の京助さんというかたが、お会いいただけないかと……」

太郎から来客を告げられた染谷は、こどもたちに自習を言いつけた。

「今日もお八ツは美味そうだぞ」

これを言い置き、染谷は京助の待つ客間に向かった。こどもたちは、目の色を変えて自習を始めた。

「わたしが染谷です」

染谷が名乗ると、京助はすぐさま包みを開いた。油紙を取り除くと、真紅の蛇の目が姿をあらわした。

雨は小降りで、雲は分厚くはない。差し込む光は、蛇の目の紅色を際立たせた。

「あたしは小網町で四十五年も蛇の目を作っている職人です」

拵えた蛇の目は、日本橋吉羽屋の極上品として売られている……京助は、控え目な口調でそれを聞かせた。

「紅色蛇の目は、魔物を追い払います。これは染谷先生を守る傘です」

染谷はこどもたちに、タダで鍼灸を教えている。このうわさを耳にした京助は、嬉しさのあまり、魔除けの蛇の目を拵えた。いつまでも染谷が達者でいて、こどもたちに教え続けられるようにとの願いをこめての仕事だった。

「遠慮なく、使わせてもらいます」

蛇の目の竹骨一本一本に、京助の真っ正直な気性があらわれている。初対面の相手だが、染谷は受け取りをためらわなかった。

「ぶしつけなお願いですが、稽古場のお仕着せ傘を拵えていただけませんか」

「ぜひとも、手間賃なしでやらせてください」

またひとり、金儲けから離れて働きたいという男が加わった。

「なにとぞ、よろしく」

染谷があたまを下げると、京助も深い辞儀をした。その首筋に、染谷の目が張りついた。

「半刻（一時間）あれば、その首は大分にラクになります。いまから診ましょう」

染谷は京助の返事も聞かずに立ち上がった。ずばり首の凝《こ》りを言い当てられた京助は、目を見開いて吐息を漏らした。

こどもたちの騒ぎ声が、客間に流れてきた。

茶杓《ちゃしゃく》の清め

一

天保四（一八三三）年は、三年に一度めぐってくる富岡八幡宮本祭りの年である。

本来の本祭りの年ならば、七月も中旬になると深川の氏子《うじこ》各町は大いに威勢があがった。

ところが今年は、七月二十日から、あいにくの雨続きとなった。

「こんな陽気で、夏だといえるのかね」

「ちげえねえ」

応じた大工は、半纏の前を閉じ合わせた。

「うちのかかあは朝の支度のときにゃあ、行李《こうり》の底から引っ張り出した綿入れを羽織ってやがるぜ」

これが夏かといいたくなる時季外れの『冷え』を、雨は引き連れてきた。

昭年も染谷も、ともにひとの身体を治療する医者だ。

『医者の不養生』という悪口がある。

六十の峠にさしかかっている昭年と染谷だ。ひとから陰口を叩かれぬように、おのれの身体の養生にはひと一倍の気を遣っていた。

日々、武道の鍛錬にも怠りはない。

隠居しても不思議はない歳の昭年と染谷だが、身体の不調を訴えたことは互いにほとんどなかった。

しかし今年の寒い夏には、ふたりとも往生していた。寒さが苦手なのは、昭年と染谷だけではない。なにごとによらず達者な太郎だが、ただひとつ苦手なのが寒さだった。

とはいえ冬場の凍えには、滅多なことでは弱音を吐かない。氷の張った朝でも、水仕事をおろそかにはしないほどに、寒さに真正面から立ち向かった。

そんな太郎だが、今年の夏の冷えにはめずらしく音を上げた。還暦を過ぎた太郎には、時季外れの寒さは常人以上にこたえたのだ。

見かねた染谷は、納戸の奥から再びこたつを取り出し、自分の手で組み立てた。太郎の面子をおもんぱかってのことだ。

染谷の気遣いが、よほどに嬉しかったのだろう。

「やっぱり、あなたが大好き」

面と向かって言われた染谷は、どきまぎして顔を赤らめた。

染谷の居室をおとずれた昭年は、そんないわくのあるこたつに、長い足を差し入れた。

「まったく今年の夏の雨は、尋常なものではない」

両手をこたつ布団の内側でこすり合わせてから、昭年は染谷に目を移した。

「野田屋の六代目から、例の一件で返事があったらしいな」

「これがその返事だ」

染谷は分厚い手紙をこたつの卓に載せた。

『染谷先生』

町飛脚が届けてきた封書の表には、染谷の名が記されていた。

「読ませてもらってもいいのか」

「訊くまでもないだろう」

短い言葉をやり取りしてから、昭年は封書を手に取った。

『与一郎』とだけ、封書の裏に書かれている。昭年が取り出した手紙は、巻紙の両端がきちんと折り畳まれていた。


染谷の長女いまりは、母親太郎のあとを追って辰巳芸者になっている。いまりの朋輩の旦那が、日本橋の醤油問屋野田屋の六代目与一郎だ。

「ぜひとも親仁様《おやじ》に、鍼治療を施していただきたい」

与一郎から父親の治療を頼まれた染谷だったが、果たせずに終わった。頭取番頭善之助が、染谷の前に立ちふさがったからだ。

善之助は邪魔をしただけではなしに、ゴロツキを使って染谷の襲撃を図った。染谷は野島屋の草次郎とふたりで、賊を撃退した。その折り、染谷は賊から匕首を取り上げた。

匕首の柄には、銀細工の龍が埋め込まれていた。襲撃を受けた翌朝、染谷はその匕首を昭年に見せた。

細工の龍に見覚えはないかと染谷は問うたが、昭年からはすぐに答えは出なかった。

「野田屋の番頭が持っていたキセルの火皿に、同じような龍が彫られていた」

染谷に言われて、昭年も思い出した。

野田屋には染谷とともに、昭年も顔を出していたからだ。

番頭から追い返されたとき、染谷も昭年も番頭のつれない対応にやはり、と思った。あるじの容態を案ずる様子は、番頭の応対からは微塵も感じられなかった。

番頭は、隠し事をしている。

染谷がそれを何度も思い返していたとき、雨中の襲撃を受けた。取り上げた匕首の鞘《さや》を見た染谷は、番頭の差し金だと確信した。

ならば、なぜ番頭は賊を差し向けて染谷を襲撃させたのか。

五代目の鍼治療を頼まれるまで、染谷も昭年も野田屋とはいささかのかかわりも持ってはいなかった。

元来が大店嫌いの染谷である。いまりを通じての頼みでなければ、日本橋の大店に出向くことはなかった。

そんな染谷に、番頭は賊を使って襲撃を企てた。思い当たる理由は、ただひとつ。

野田屋の番頭は、染谷に五代目の治療をさせたくないということだ。

それも、尋常にさせたくないのではない。染谷を殺《あや》めてでも、鍼治療をさせまいとの強い意思が働いていた。

いったい番頭は、五代目野田屋佐五郎に、いかなる治療を頼んでいるのか。

その仔細を、染谷は野田屋の総領息子に問い質した。とはいえ、じかに会ったわけではない。

いまりの朋輩を通じて与一郎に手渡した、書状で問いかけたのだ。

岡目八目、離れて文のやり取りをしているほうが、よりまことが見えやすい。

染谷の言い分に、与一郎も得心した。

『父親の治療には、なにか高価な薬がからんでいるのではないか。もしもそうだったならば、薬はなにか。そして、だれが薬のやり取りを仕切っているのか』

染谷はこう問いかけながらも、ひとつの答えを導き出していた。

薬は朝鮮人参に違いない。

その人参は、番頭の善之助が一手に仕切っているはずだ。

これが染谷のつけた見当だった。

与一郎からの長い書状には、事細かに善之助の振舞いが記されていた。

「お尋ねの高価な薬とは、朝鮮人参のことと存じます。いまだ六代目当主としての器量が備わっておりませぬゆえ、番頭に指図ができません。まるで親仁様が番頭の人質にされているようで、おのれの至らなさには歯噛みするばかりです」

与一郎はあけすけな言い回しで、善之助への不満と不信感を記していた。

「ぜひとも近々、染谷先生へのお目通りがかないますように」

仔細は会って話したいと、与一郎は文を結んでいた。


「野島屋の当主と交誼《こうぎ》を結んだことで、わしの大店への見方はいささか変わった」

「見方が変わっただと?」

問いかけると同時に、昭年は一発放った。音はさほどでもないが、においはこたつ布団の中を暴れ回った。

「こたつ屁、猫もあきれて顔を出しというが、おまえのにおいは尋常な臭さではないぞ」

染谷は真顔で文句を言った。

「昨夜、久々に猪《しし》の肉を口にした。においは、そのせいだろう」

昭年は涼しい口調で応じた。

「あのしたたかな番頭を相手にする気なら、おまえも猪でも食って、滋養をつけたほうがいいぞ」

「分かった」

強いにおいを右手で追い払いながら、染谷は昭年の申し出を受け入れた。

「折りをみて然《しか》るべき者に、幾つか相談を持ちかけてみよう」

だれに相談をするか。染谷はすでに思い描いているような顔つきになっていた。

二

一向に晴れる気配のない空を見上げて、深川暮らしの職人たちは、ため息をついた。

雨にたたられると、おもての普請仕事が休みになるからだ。

本祭りが目前のいまは、一文でも多くの実入りがほしいときだ。とはいえその実入りは、蓄えに回すわけではなかった。

「本祭りで、有り金を惜しまず使い果たしてこい。米びつがカラになったら、骨は拾ってやる」

手にした給金を、職人たちは残らず祭りに使った。

雨降りが続けば、仕事は休みになる。

仕事を一日休めば、手間賃がその分減った。

そんなわけで、職人はうらめしげな目で雨空を見上げた。さりとて深川に暮らす者は、大川の西側各町の住民たちのように、顔つきを険しくしてはいなかった。

野島屋の踏ん張りで、他町のように米のひどい値上がりは免れていたからだ。

冷たい雨は深川に限らず、御府内中に降り続いた。

「夏がこんな調子じゃあ、今年の米はひどい不作になる」

蔵前の札差や米の仲買人たちは七月二十日過ぎから、いきなり売り惜しみを始めた。とはいえ連中は、江戸の雨空だけで凶作を判じたわけではなかった。

「奥州はいずこもひどい寒さで、稲がまるで育っておりません」

「今年の越後は、ひどいものです」

「常陸《ひたち》から房州にかけての田も、この先、豊作となる気配は皆無です」

所帯の大きな札差は、春先から夏にかけて、子飼いの者を米どころと呼ばれる諸国に差し向けた。そして稲の育ち具合を、目と耳とで確かめさせた。

たとえ江戸が冷夏であっても、米どころの気候が夏らしければ米は育つ。

逆に江戸が猛暑にうだっていても、奥州や越後が冷夏に襲われていたら、米はひどい凶作となる。

米の作付状況と江戸の天気とが、大きくかけ離れていればいるほど、米相場はおもしろい動きをする。

江戸は冷夏でも、米は豊作。

暑い夏なのに、秋は大凶作。

もしもまだ江戸・蔵前では知られていない米どころの実態を、より早く摑むことができていれば……。

売り・買い相場の逆を張って、途方もない大金を手にいれることができる。

ゆえに札差や仲買人のなかには、何人もの『米見張り役』を、春先から名の通った米どころに放っていた。

天保四年の冷夏は、江戸に限ったことではなかった。

「今年はひどい凶作となります」

札差に放たれていた『耳』たちは、口を揃えて凶作に襲われると断じた。

その報せに加えての、江戸のひどい冷夏である。七月下旬に入ると、御府内の米屋は日ごとに米代を記した札を書き替えた。

「どうなってるのさ、越後屋は」

「まったくだよ。今日はまたまた、一升で六文も高くなってるよ」

搗《つ》き米（精米）一升の値段が、わずか七日の間に十二文も値を上げていた。

いつもなら、味のいい奥州米でも一升百文で買えた。ところがいまは、近在の房州米ですら一升百十二文である。

「米代は高くなる一方なのに、雨続きで稼ぎは減るばかりでさあ。あたしらにどうしろっていうのかねえ」

長屋の女房連中は、顔を見合わせてはため息をついた。

深川の住人が米代暴騰の目に遭わずにすんでいたのは、野島屋仁左衛門が安易な値上げを諒《りょう》としなかったからだ。

「米はひとの暮らしの根元を支える大事な食べ物だ。蔵前筋の思惑だけで、勝手な値上げをさせてはならない」

深川から本所にかけての旅籠や料理屋など百二十軒以上が、野島屋の得意先である。米問屋ゆえに、深川の住民に搗き米を小売りすることはほとんどなかった。

が、富岡八幡宮本祭りを控えた年に、いきなり米代が暴騰を始めたことを、仁左衛門は見過ごすことができなかった。

「うちでできることにも限りはある。しかしやれるだけのことはやる」

当主の強い意気込みは、野島屋の小僧にまで伝わった。

蔵から運び出された米は、深川各町の米屋に卸された。

「一升百文の値で、ひとりあたり一日一合の割合で小売りをしてください」

野島屋のつけた一升百文の注文を、町場の米屋はしっかり守った。

米屋だけではない。米を買い求める客も、ひとり一日一合で、入用なだけしか買わなかった。

買いだめに走ったりはしないのだ。

「せっかく野島屋さんが男気を出してくれているんだ」

「そのことさ。買いだめなんぞは、深川っ子の恥さらしだぜ」

みんなに行き渡るように……。

深川のだれもが買い方を加減して、お互い様の心意気を守った。

が、深川住人の数に比べれば、野島屋一軒が蔵出しできる米俵は、あまりにも数が少なかった。

野島屋が蔵出しした米は、蓄えの四分の三にあたる千七百俵（六万八千升）である。

これだけの膨大な量の米が、わずか七日で売り切れとなった。

八月を目前に控えているというのに、冷たい雨は一向にあがる気配がなかった。

三

八月一日になっても、雨は続いた。

夏の雨は粒が太い。

バラ、バラ、バラッ。

染谷がさしている紅色蛇の目を、音を立てて雨粒が叩いた。強い雨が幾日も続いている。地べたの硬さが売り物の佐賀町河岸が、あちこちにぬかるみを拵えていた。

若者でも歩きにくい雨道なのに、染谷の歩みは達者である。歯の高さが五寸（約十五センチ）の高下駄を履いていながら、足取りをゆるめず上之橋を渡り始めた。

佐賀町河岸の北端は、大川と交わる仙台堀のとば口である。上之橋は、その仙台堀に架けられた木橋だ。

仙台堀は、名の由来ともなった仙台藩が掘った堀である。二十間（約三十六メートル）の堀幅があり、大型のはしけでも楽々すれ違うことができた。

上之橋の下をくぐるのは、おもにはしけと、木場に向かういかだである。橋板にぶつからないように、上之橋の真ん中は大きく盛り上がっていた。

その橋のてっぺんで、染谷は足をとめた。向かっているのは、目の前に見えている仙台藩下屋敷である。深川の住人は、だれもが『米屋敷』と呼んでいた。

高さ一丈（約三メートル）の長屋塀で囲まれた、五千四百坪の広大な屋敷。仙台堀に面した長い塀の端は、雨煙が隠していた。

ふうっ。

長い塀を見た染谷が、めずらしいことに吐息を漏らした。


陸奥《むつ》仙台藩は、禄高六十二万石の大身大名である。

藩主は伊達政宗を初代として、代々が伊達家を継承してきた。天保四年の藩主は、第十二代伊達斉邦《なりくに》である。

国許仙台から江戸までは、九十一里（約三百六十四キロメートル）の道程だ。参勤交代では陸路を使って、江戸芝口三丁目の上屋敷に入った。

が、陸奥仙台藩は諸国に名を知られた米どころである。禄高六十二万石のうち、半分以上は江戸に廻漕された。

江戸には上屋敷のほかにも、愛宕下《あたごした》の中屋敷、麻布《あざぶ》・深川・品川・猿町・木挽町《こびきちょう》・小塚原天王《こづかっぱらてんのう》脇の各所に下屋敷を構えていた。

それらの屋敷に常駐する江戸勤番藩士の数は、優に七千名を超えた。

藩士ひとりが一年に食する米は、一石五斗である。江戸勤番藩士の数が七千名だとすれば、一年では一万五百石の米が入用となる勘定だ。

途方もない石数だが、そこは六十二万石の大身である。六十二万石の禄高からみれば、わずか一分七厘（約一・七パーセント）に過ぎなかった。

それなのに、なにゆえ六十二万石の五割以上もの米が江戸に廻漕されるのか。

仙台から江戸までは九十一里も離れている。しかも重たい米を運ぶには、陸路では無理だ。米廻漕の船を仕立てて江戸まで運び込むほかに、手立てはなかった。

悪天候に遭遇すれば、米は無論のこと、船も水夫《かこ》も失うことになる。米の廻漕は、常に難破と隣り合わせだった。

そうまでして江戸に廻漕するには、もちろんわけがあった。

国許で売却しようとしても、六十二万石もの米は容易には売りさばけない。たとえ買い手が見つかったとしても、江戸より三割以上も安値でしか売りさばけなかった。

御府内には、百万人を超えるひとが暮らしている。米蔵にどれほどの米があろうが、売れるかどうかを案ずることは無用だった。

江戸には大坂堂島《どうじま》と肩を並べる大きさの、米会所がある。しかも蔵前には百九軒の札差が、大きな通りの両側に立ち並んでいた。

西国の諸大名は、大坂の堂島で米を売りさばいた。

奥州・北陸・常陸・房州など、北国や関東の大名の多くは、蔵前の会所で米を売却した。

仙台藩は初代政宗の時代から、江戸に米を廻漕した。徳川幕府が諸大名に参勤交代を命じたとき、政宗は江戸が巨大な米の消費地になると判じた。

ゆえに水路に恵まれた深川の地に、下屋敷を普請した。藩が自前の労力と費えを投じ、仙台堀を掘削した。

国許から廻漕した米を、深川の下屋敷に運び入れる。そのための水路が、仙台堀だった。

大川と仙台堀とが交わる角地の下屋敷からなら、蔵前に米を運ぶにも都合がよい。

「さすがは伊達家だ、知恵者が揃っておる」

「仙台堀の掘削は難儀であっただろうが、投じた費えは十年もすれば充分に回収できる」

深川の地に拝領した下屋敷を、仙台藩は米蔵として用いている。他藩の江戸詰用人や江戸上屋敷家老は、仙台藩の知恵者ぶりに感嘆の声を漏らした。


染谷は歩き始める前に、丹田に力をこめた。腹に血が下がったことで、あたまがすっきりと軽くなった。

染谷がたずねる相手は、仙台藩下屋敷米奉行の長田《おさだ》匡右衛門《きょうえもん》である。この日の染谷の来訪は、野島屋の番頭が使者に立って長田から許しを得ていた。

よしっ。

短い気合を発してから、染谷は上之橋を下り始めた。

たっぷりと雨水を吸い込んだ橋板は、並の者が履いた高下駄の歯がぶつかっても、ボコッと鈍い音しか立てない。

ところが染谷が下り始めたら、カタッ、カタッと軽やかな音を立てた。

丹田に力をこめた染谷の歩みは確かである。

交互に橋板を踏む歩みは、雨を吹き飛ばすかのように軽やかだった。

四

長田が染谷を招き入れたのは、十二畳の奉行執務部屋だった。

敷地が五千坪を超える深川下屋敷には、随所に生垣や築山、泉水の美しい庭が造園されていた。

長田の部屋からも、つつじの生垣が美しい庭が見えた。

「そなたの申されたことは、一言もらさずに、しかとこの耳でうけたまわった」

長田がきっぱりとした口調で応じたとき、一段と雨脚が強くなった。濃い緑色のつつじの葉が、雨粒を弾き返している。

口を閉じたあとの長田は、しばし雨に打たれるつつじを見ていた。

ふっと顔つきをあらためたあとで、染谷に目を移した。

「一刻（二時間）ほど、わしに付き合うてくださらぬか」

「一刻と申されず、何刻でも」

染谷は即座に応じた。

「ならば支度をいたすゆえ、暫時、こちらにてお待ちあられたい」

一刻の間、なにに付き合えというのか。

染谷を執務部屋に待たせたまま、なんの支度を始めるのか。

長田はひとことも言い及ばずに、十二畳の部屋を出た。奉行の執務部屋に、染谷ひとりを残したままで、だ。

よほど染谷に信をおいていなければ、できることではなかった。

長田と染谷は、ともに同い年である。ふたりが初めて出会ったのは、三十五年前の寛政十（一七九八）年のことである。

思えばあの日も雨降りだった……。

遠い昔を振り返ろうとして、染谷は目を閉じた。永代寺が撞く八ツ（午後二時）の鐘が、仙台堀を越えて流れてきた。

鐘の音まで、三十五年前と同じだった。


長田と染谷を引き合わせたのは、まだ辰巳芸者だったころの太郎である。

二十四歳で太郎と出会った染谷は、何度か座敷をともにするなかで、落首や狂歌が好みであると打ち明けた。太郎の検番は隔月で宗匠を招き、狂歌詠みの会を催していたからだ。

「御米屋敷のお武家さまで、同じたしなみをお持ちの方がいらっしゃいます」

次の会の折りにお引き合わせしましょうと、太郎は請合った。

狂歌詠みの会は、冬木町の銘木会所で催された。八ツの鐘を合図に、宗匠が開会を宣するのが慣わしである。

会には深川の粋人十五人が集まってきた。が、ほとんどは四十から五十見当の旦那衆である。二十代前半の若手は、染谷と長田のふたりだけだった。

ゆえに初対面の日から、ふたりは隣り合わせに座ることになった。当時の長田は、仙台藩下屋敷の米蔵同心だった。

狂歌の会がお開きとなったあとで、染谷は一句を長田に見せた。

『半分は　江戸へこぼれる雀の餌』

まだ二十代前半だった長田は、素直な言葉で染谷の一句を誉めた。

雀とは、仙台藩主伊達家の家紋「仙台笹の竹丸に二羽の雀」のことである。

藩は六十二万石の半分を、江戸で売りさばいていた。米の売却で蔵前の米問屋や札差と談判をするのが長田の役目だった。

国許の米の半分は江戸に廻漕する。

染谷の詠んだ狂句は、まさにそれを言い当てていた。

次の狂歌の会のお開き後、染谷はまたもや一句を長田に見せた。

『そのときの　太守吉原雀なり』

これは伊達家三代藩主綱宗《つなむね》と、吉原三浦屋の花魁《おいらん》・高尾太夫との間柄を読んだ一句だ。

三代目伊達綱宗は、初代政宗の孫である。仙台藩は表向きは六十二万石だが、まことの実入りは百万石はあると言われていた。

仙台藩の内証裕福を案じた幕閣は、大規模な土木作事を命じた。それが仙台堀の掘削である。途方もない費えのかかる作事だが、藩の下屋敷を米蔵として使うことを公儀から認められたのだ。藩は謹んで公儀の命を受けた。

作事差配は、藩主綱宗の役目である。まだ年若かった綱宗は、作事差配の合間には「休憩」と称して吉原遊びに繰り出した。

その折りに出会ったのが、三浦屋の高尾太夫である。花魁に熱を上げた綱宗は、伽羅《きやら》の香木で拵えさせた下駄を履いて、吉原通いを続けた。

ところが高尾太夫は、そんな綱宗の一途《いちず》な想いを受け入れなかった。あけすけに言えば、綱宗は高尾に振られ続けたのだ。

『大鳥毛　高尾りっぱに振り通し』

仙台藩大名行列の、長槍の鞘を飾るものが大鳥毛である。槍を振れば、大鳥毛も大きく振られることになる。

綱宗を振り続ける高尾太夫を、江戸町民はこの一句でからかった。

仙台藩にとっては、綱宗の一件は封印しておきたい不祥事である。綱宗は吉原通いの咎《とが》めを受け、藩主在位わずか三年足らずで、隠居を命じられていたからだ。

そのことを承知で、染谷はあえて綱宗を題材にした一句を詠んだ。

長田とは真摯《しんし》な交誼を結びたい。それを果たすには、ふたりの間に禁句があってはならないと思ってのことだった。

「三代様のころには、さぞかし多数の落首が詠まれたことでしょう」

あえて綱宗を詠んだ染谷の真意を、長田はしっかりと汲み取っていた。

長田は三十代初めの数年、国許に戻った。そして仙台の地で妻帯した。ふたたび江戸下屋敷に戻ってきたときには、米方与力に昇進していた。

米奉行に就いたのは、四年前である。五十の半ばを超えてからの奉行職は、身体に大きな負担となった。

染谷は月に二度、長田の非番の日に鍼灸治療に出向いていた。どれほど長田から強い申し出を受けても、染谷は治療代は受け取らなかった。

こころを許しあった友は、日々、米奉行の重責を負っている。鍼灸治療は、染谷にできるせめてもの手助けだと思っていたからだ。

「わしにできることがあらば、なんなりと聞かせていただきたい」

治療のあと、長田は毎度、本気でこの言葉を口にした。

「お待たせいたしました」

奉行配下の者の案内で向かったのは、離れにある四畳半の茶室だった。

八月の茶事ゆえ、釜は炉ではなく風炉《ふろ》にのせられていた。

亭主長田の点前《てまえ》を、染谷は作法通りに味わった。

「身代を太らせることに血道をあげるのが、商人の常だと思っていたが」

長田は膝を動かし、染谷と向かい合わせになるように座り直した。

「一年ごとに三百両の儲けを差し出す野島屋も、預かり料無用を言う嶋田屋も、まことに見上げた心意気であるの」

染谷に向けられた長田の目は、ぬくもりの色に充ちていた。

「そなたの申し出は、しかとうけたまわった」

帯にはさんでいた紫色の袱紗《ふくさ》を、長田は慣れた手つきで畳んだ。右手に袱紗を持ち替えたあとは、左手に茶杓《ちゃしゃく》を持った。

長田は茶の湯の作法に従い、袱紗で茶杓を清めた。

もとより茶杓に汚れなどあるわけがない。が、招いた客の目の前で、袱紗で清めて見せるのが茶の湯の作法のひとつなのだ。

亭主は客に茶杓を清めて見せることで、いかに相手を大事に思っているかを示す。

客は亭主の作法をしっかりと見ることで、その想いを汲み取る。

招いた亭主と招かれた客とが、作法を仲立ちにして互いの想いを汲み取りあう。それが茶の湯のこころである。

染谷は長田の手元を、しっかりと見詰めた。

茶の湯の作法を通じて、長田は染谷の頼みを引き受けたと伝えている。

降り続く大粒の雨を、茶室の茅《かや》葺《ぶ》き屋根がやさしく受け止めていた。

五

富岡八幡宮の本祭りは、雷神様も風神様も遠慮して身をひそめる……。

この言い伝えは、天保四年の本祭りにも見事に当てはまった。

富岡八幡宮大鳥居前に、氏子各町の町内神輿《みこし》と、三基の八幡宮宮神輿が集まるのが、本祭りの宮出しである。

ゴオオーンー。

いつもの夜明けよりも長い余韻を引いて、永代寺が明け六ツの鐘を撞いた。

この鐘の音が、宮出しの合図である。

大鳥居前に集まった十二基の神輿に、担ぎ手の肩が入った。

わっしょい、わっしょい。

夜明けを迎えたばかりの門前仲町に、神輿を担ぐ掛け声が響き渡った。

十二基のさきがけは、総金張りの宮神輿である。神輿総代が先頭を歩き、商家の娘が装束をかためた手古舞《てこまい》があとに続いた。

ジャラン、ジャランと、手古舞の金棒が音を響かせている。金輪と金棒がぶつかる音に、神輿のわっしょいが重なった。

いつもの年の神輿は、大鳥居前を出たあとは東に進み、汐見橋を渡るのが道順である。ところが今年の神輿は、いつもとは逆方向の永代橋を目指して進み始めた。

まだ明け六ツを過ぎたばかりだというのに、表参道はすでに多くの見物人で埋まっていた。

「神輿の進む方角が、いつもとは反対のようだが」

本祭りの神輿を見慣れている見物人が、いぶかしげな声でわきの男に問いかけた。

「おめえさん、土地《ふかがわ》のもんじゃねえな」

「たしかに違うが、それがどうかしましたか」

いきなりよそ者だといわれた男は、頬を膨らませた。

「深川っ子ならだれだって、今年の神輿がいきなり佐賀町河岸に向かうわけを知ってるからよう」

男は町内半纏《ばんてん》の胸元をぐいっと突き出した。

「なんですか、そのわけというのは。あたしにも、ぜひとも聞かせてください」

気をそそられた他所《よそ》からの見物人は、ていねいな口調で問いかけた。

「あんたが知りたいてえなら、あらいざらい聞かせるさ」

町内半纏を羽織った男は、話し始める前に思いっきり息を吸い込んだ。

染谷が長田に掛け合ったのは、野島屋に仙台藩の米を払い出してもらいたいということだった。

「日を追って米代が値上がりしているなかで、野島屋仁左衛門殿は、一文たりとも値上げをしておりません」

野島屋が蓄えのなかから、多額のカネを稽古場運営のために拠出していること。

そのカネを嶋田屋は一文の預かり賃もとらず、金蔵に預かりおいていること。入用とあれば、いつなんどきでも、銀や銭で払い出してくれること。

これらのあらましを、長田に聞かせた。

「蔵前の米仲買人のような高値では、仁左衛門殿は引き取れないでしょう。それを承知で、仙台藩にお願い申し上げます」

深川の住民に入用な一万石に限り、公儀の定めた相場の一石一両で払い出してもらいたいと、染谷は頼みを口にした。

高値相場で売却することを思えば、一石につき一朱（十六分の一両）の損となる頼みだ。

一万石ともなれば、じつに六百二十五両もの損失を仙台藩に与えることになる。

染谷はしかし、丹田に力をこめて頼みを最後の一語まで言い切った。

「うけたまわった」

長田はいささかもためらわずに引き受けた。

「米をあぶく銭儲けの道具にしては、伊達家初代よりきつい咎めを受けるは必定。そなたの申し出を受け入れ申せば、あちらで初代にお会いできたときには、きっとお喜びいただけるはずじゃ」

長田の前歯は、大きな一本が欠けている。笑うと、欠けた歯が目立った。

「そんなわけだからよう。今年の神輿は、どこよりも先にお米屋敷の前に集まって、大声で揉みまくるてえのさ」

話し終えた半纏の男は、神輿を追って駆け出した。

「仙台藩も、なんとも粋なはからいをなさったもんだ」

「これからは三浦屋高尾のことで、もう仙台藩をからかうことはできませんなあ」

他所からの見物人たちが、わけ知り顔でうなずきあった。

わっしょい、わっしょい。

十二基の神輿は、屋根の鳳凰《ほうおう》が朝日を浴びて輝いている。

わっしょい、わっしょい。

神輿を追いかける見物人たちも、担ぎ手と一緒になって声を発していた。

＊本書は、「小説トリッパー」２００４年夏季号～２００７年夏季号に連載された『ツボ師染谷病帖』を改題し、加筆したものです。

たすけ鍼《ばり》

二〇〇八年一月三十日　第一刷発行
二〇〇八年二月二十日　第二刷発行

著　者　山本《やまもと》一力《いちりき》
発行者　矢部万紀子
発行所　朝日新聞社
〒一〇四-八〇一一　東京都中央区築地五-三-二
電話　〇三-三五四五-〇一三一（代表）
編集・書籍編集部　販売・出版販売部
振替　〇〇一九〇-〇-一五五四一四
印刷所　凸版印刷株式会社

ISBN978-4-02-250334-3
定価はカバーに表示してあります

朝日新聞社の本

山本一力
欅《けやき》しぐれ
深川の大店・桔梗屋太兵衛から後見を託された霊巌寺の猪之吉、桔梗屋乗っ取り一味に一世一代の大勝負を賭ける！　凜とした女の強さと命がけの男気が心を揺さぶる、直木賞受賞作『あかね空』以来、久々の本格長篇時代小説。

四六判／文庫判

山本一力
江戸は心意気
希代の宣伝上手・紀伊國屋文左衛門の真実、幕府財政を立て直した八代将軍吉宗と巨大金融業「札差」の因縁とは？　江戸期の貨幣経済や庶民生活などをテーマにした、著者初の歴史エッセイ集。単行本化初となる掌篇小説も収録。

四六判

荒山徹
柳生《やぎゅう》薔薇《そうび》剣《けん》
故国・朝鮮との縁を切るために縁切り寺に駆け込んだ女性うねをめぐって、幕府を二分する血で血を洗う暗闘が始まった！　司馬遼太郎の透徹した歴史観と山田風太郎の奇想天外な物語性を兼ね備えた面白さ無類の伝奇時代小説。

四六判

荒山徹
柳生百合剣《やぎゅうびゃくごうけん》
柳生新陰流消滅！　朝鮮妖術「断脈ノ術」によって柳生を壊滅させた魔人・伊藤一刀斎に、十兵衛は敢然と立ち向かう！　司馬遼太郎の歴史観、山田風太郎の奇想、そして五味康祐の剣戟を受け継ぐ伝奇時代活劇巨編。柳生十兵衛生誕四百年記念作品。

四六判

乙川優三郎
さざなみ情話
心底惚れぬいた松戸・平潟河岸の遊女のちせを身請けするために、命懸けの商いに手を染める高瀬舟の船頭・修次。社会の最底辺にありながら、けっして希望を捨てずに生き抜く人々の姿を叙情豊かに描く長篇時代小説。

四六判／文庫判

宇江佐真理
憂き世店《だな》　松前藩士物語
蝦夷松前への帰藩をめざして健気に生き抜く浪人暮らしの相田総八郎と妻なみ。そして二人をあたたかく見守る個性豊かな裏店の住人たち――江戸の〝憂き世〟を生きる人々の心のひだを、奥行き深く描いた人情味あふれる長篇時代小説。

四六判／文庫判

大佛次郎

天皇の世紀 ［普及版］ 全十巻

幕末・維新の時代を膨大な資料を駆使して描いた、史伝文学の傑作。ペリー来航から、倒幕運動の高まり、徳川幕府の瓦解、新政府樹立、奥羽戦争まで――近代日本の誕生を活写した巨匠畢生の大作！

四六判

萩原延壽

遠い崖 アーネスト・サトウ日記抄 全十四巻

幕末から明治へ、日本史の転換点をイギリスの外交官アーネスト・サトウの日記を軸に、内外の史料を駆使して描く壮大な歴史ドラマ。著者渾身のライフ・ワーク。異国の若者が見つめた幕末の日本とは……。大佛次郎賞受賞作。

四六判

萩原延壽

萩原延壽集 全七巻 （第一巻～第三巻まで既刊）

教養・学識の深さとともに叙述の美しさで定評の著者による、血のかよった〈人間を通しての歴史学〉集大成。吉野作造賞受賞『馬場辰猪』や『陸奥宗光』、『東郷重光』など。各巻とも著者と著名知識人との対談など付録も充実。

四六判

吉村昭
彰義隊
戊辰戦争でただ一人朝敵となった皇族がいた！　彰義隊の精神的支柱であった上野寛永寺山主の輪王寺宮能久親王。〝朝敵〟の汚名を着た輪王寺宮の知られざる苛烈な生涯を中心に、維新の激動を描く長篇歴史小説。朝日新聞好評連載の単行本化。

四六判

松本健一
司馬遼太郎が発見した日本
『街道をゆく』を読み解く
『街道をゆく』全四十三巻について、歴史的、文明史的な視点で綴った司馬ファン必読の歴史エッセイ集。巻頭の講演録では、『街道をゆく』執筆の動機づけに三島由紀夫事件があったとの大胆な持論を展開。
四六判

松本健一
藤沢周平が愛した静謐《せいひつ》な日本
没後十年――。『蟬しぐれ』『三屋清左衛門残日録』など、数多くの名作を生んだ藤沢文学を、著者独自の視点で読み解く〝全巻解説〟の歴史エッセイ集。遺作『漆《うるし》の実のみのる国』と、藤沢が受けた戦前の教育との因果関係を見抜く視点が見事だ。
四六判